Collana diretta da Orietta Fatucci

Seconda ristampa, maggio 1995

ISBN 88-7926-097-9

Roberto Piumini

Lo stralisco

Illustrazioni di Cecco Mariniello

Einaudi Ragazzi

A mio figlio Michele
che mi dà l'idea dell'amore

Lo stralisco

Capitolo primo

Viveva nella città turca di Malatya un pittore di nome Sakumat, non giovane ma nemmeno anziano: aveva l'età in cui gli uomini saggi sanno stare in amicizia con se stessi, senza perdere quella degli altri.

Sebbene nella vallata pietrosa di Malatya non splendessero grandi bellezze, Sakumat dipingeva stupendi paesaggi e altri ne inventava, disponendo forme e colori come avrebbe fatto, se fossero stati veri, un buon creatore.

Molti ricchi proprietari di greggi, commercianti di cavalli, o di stoffe, chiamavano Sakumat nella loro casa perché abbellisse un angolo, un fondo di portico, o allargasse con i fiori colorati della sua pittura la luce di un davanzale. Se nessuno avesse richiesto la sua opera, tuttavia, Sakumat avrebbe dipinto ugualmente: perché i pennelli erano per lui come dita, e in ogni pennellata versava dolcemente una goccia del suo sangue.

Quanto ai paesaggi che immaginava, chissà dove li aveva veduti: nemmeno lui lo sapeva. Forse non esistevano in nessun luogo del mondo e in nessun sogno umano: però erano, a vederli, come vera terra, toccata e profumata. Piú li si guardava, piú il corpo fuggiva attraverso gli occhi e si trasferiva intero e vivo in spazi colorati e ricchi di pace.

Capitolo secondo

Un giorno bussò alla porta di Sakumat un capoterra grande e grosso, che portava il basso turbante caratteristico delle vallate a nord di Malatya.

– Sei tu Sakumat, il pittore?

– E questa è la mia casa, uomo delle montagne. Chi sei? E perché mi cerchi?

– Io sono Kumdy, uomo di bastone del burban Ganuan, signore della terra di Nactumal. Per suo ordine vengo a chiederti di salire alla nostra vallata, nel suo palazzo, perché egli ti vuole parlare ed affidar un'opera.

Sakumat non era mai stato nelle vallate del nord, però ne aveva sentito parlare. Sapeva che erano territori aspri e sperduti: perciò rispose di essere molto impegnato e di non poter accettare l'onore di quell'invito.

– Ganuan, il burban mio signore, – disse il capoterra, – prevedeva che il viaggio ti sarebbe sembrato incomodo. Egli ti regala il cavallo che porto legato al mio, e mi fa dire che l'opera che vorrebbe affidarti ha un valore molto grande, e altrettanto grande sarà il compenso che ne avrai.

Godendosi con l'occhio la bellezza del cavallo che scalpitava dietro quello dell'inviato, Sakumat rifletté. Piú che la generosità del burban e la promessa delle ricchezze, lo incuriosiva che uno dei potenti e orgogliosi signori delle montagne insistesse a quel modo, e con quei toni. Non rifiutò dunque oltre, ma disse al capoterra che non accettava il cavallo avendone uno, sebbene vecchio, ancora in grado di affrontare il viaggio. Chiese poi a Kumdy una giornata per prepararsi e salutare i propri amici.

Il giorno dopo, caricati gli attrezzi della pittura sul cavallo che il signore di Ganuan gli aveva mandato in dono, Sakumat montò sul vecchio morello che gli apparteneva, e che trascorreva l'ultima parte della vita brucando quietamente ai bordi della città.

La piccola carovana si allontanò dalla conca di Malatya, dopo averne attraversato a nord la parte pianeggiante, e cominciò a risalire la fiancata dell'ampia vallata settentrionale. Quando la vista della città, dietro di loro, si fu persa, attraversarono una zona brulla e asciuttissima: pochi alberi stenti, come sentinelle morenti di un bosco sconfitto, spiccavano nella conca opaca, fasciata per lunghi tratti da scariche di pietrame grigiorosato. Lucertole brune sfrecciavano sulle rocce all'avvicinarsi dei cavalli. Rari falchi impaurivano con l'ombra rapida pochissime capre selvatiche.

Dopo un'intera giornata di viaggio, poco dopo il tramonto, Sakumat e la sua guida raggiunsero l'orlo di un vastissimo pianoro, una specie di valle

pensile, circondata da creste di roccia grigio-cupo. Il paesaggio, tuttavia, cambiava improvvisamente: il terreno si stendeva meno arido che in basso, con chiazze di pascoli e persino piccoli vigneti. Al centro, ancora abbastanza lontano e in posizione raccolta, un villaggio di pietra bianca godeva la freschezza di un boschetto di cedri che spiccava come un dono di Dio alle sue spalle. Tra villaggio e bosco, piú bianco ancora del resto delle costruzioni, sbalzava un esteso palazzo, grande come il maggior palazzo di Malatya, e forse anche di piú.

Attraversata la zona coltivata e le strade del villaggio, Sakumat fu condotto all'interno del palazzo. Ammirò il ricco silenzio che vi regnava, le porte in legno di cedro con disegni dorati e le giubbe di velluto perlato dei servi.

Fu poi accompagnato in una stanza fresca e spaziosa, con la grande finestra a strapiombo sulla muraglia dalla parte del villaggio: da lí, con un solo sguardo, si dominava la conca semifertile dell'altopiano, fino al cerchio delle cime che lo chiudeva.

Fu annunciato il signore di Nactumal. Entrò un uomo alto, della stessa età, apparentemente, del pittore, ma dai capelli corti e quasi bianchi.

Folti baffi scuri gli spiccavano sul volto come il frutto di un'altra seminagione.

– Tu sei il benvenuto nella mia terra e nella mia casa, – disse il burban. – Ti ringrazio di aver accettato l'invito, cedendo all'insistenza del mio uomo. Se io fossi buon ospite, come dovrei, ti avrei lasciato riposare questa sera, e tutta la notte, preoccupandomi soltanto del tuo benessere... Avrei rimandato a domattina questa conversazione. Ma l'ansia si muove nel mio petto, e la domanda che devo farti non vuole stare quieta, come un cavallo giovane e forte. E io credo che mi ballerebbe nel cuore tutta la notte, se non avrà il fieno della tua risposta.

Sakumat sorrise e si inchinò lievemente.

– La tua ospitalità è perfetta, signore, – disse. – Quanto alla tua domanda, avrà da me una risposta leale. E se proprio mi sarà impossibile dartela subito, avrò in questo modo la notte per pensarci: e avremo dunque guadagnato tempo. Ora fai la tua richiesta, signore, perché dal modo in cui si annuncia mi sembra diversa da quelle che di solito ricevo, e muove un poco la mia curiosità.

Anche il burban sorrise, e sedette sul tappeto della stanza, grande come quello di una moschea. Davanti a lui sedette Sakumat.

– Io ho un solo figlio, molto giovane, di nome Madurer, – disse il burban lentamente. – Egli è malato di una strana malattia: ogni parte di sole e di polvere gli è nociva. Gli occhi gli si gonfiano, il respiro si fa affannoso, la pelle si riempie di chiazze e addirittura si piaga. Egli non può vivere all'aria aperta, e correre e giocare nel giardino del palazzo, come fanno i figli dei miei servi. Non soltanto: non può abitare una stanza come questa, per la cui finestra passa libera ed abbondante la luce e l'aria delle montagne. Tutti i medici di Turchia che possono vantare scienza e sapienza sono venuti in questa casa: tutti mi hanno spiegato, superandosi in bravura, la natura misteriosa e incurabile del malanno. Alcuni hanno sentito di simili casi in altri luoghi, o altri tempi. Alcuni parlano di sostanze nocive che il corpo di mio figlio assorbe dall'aria, e che la luce rende piú potenti. Ma quali siano queste sostanze, e come si possa difendere il mio figliolo, non sanno. Tutti hanno consigliato fermamente che Madurer viva nella parte interna e piú riparata del palazzo, che respiri un'aria filtrata da strati di garza umida, non abbia finestre o luce diretta, ma solo quella mandata nelle sue stanze da lucernari. Cosí accade: da piú di cinque anni, da quando si manifestò la sciagura, mio figlio non è mai uscito da questa casa, né gli è dato godere da una finestra lo spazio della vallata e la luce del sole. Nemmeno è consentito che nelle sue stanze siano messi piante o fiori, o semplici tralci di vite per ornamento, perché terra e pollini o la sostanza stessa dei vegetali gli sono nocivi.

Dopo aver parlato guardando negli occhi Sakumat, il burban abbassò il capo e tacque a lungo. Anche il pittore taceva, e aspettava.

Ganuan alzò la faccia, e disse:

– Ora ho pensato di abbellire le stanze di mio figlio con figure e colori. Ho sentito parlare di te da mercanti e cacciatori di passaggio: per questo ti ho mandato a chiamare. Non avrai da lamentarti della mia ospitalità e del compenso, quando te ne andrai. Ti prego di accettare.

Il burban guardava di nuovo gli occhi di

Sakumat, e respirava profondamente. La sua mano destra, forte e scura, stringeva la cintura di pelle borchiata come si stringe la briglia di un cavallo ribelle.

– Posso farti una domanda, signore? – disse il pittore.

– Tutta la mia attenzione è tua, e tutta la verità che conosco sarà nelle mie risposte, – disse il burban.

– Cosa desideri che io dipinga nelle stanze del tuo figliolo?

– A questo non ho pensato, con precisione, – disse il burban, – lo decideranno la tua arte e il tuo pensiero.

– Ecco un'altra domanda. Come è l'anima del tuo figliolo? La sua sorte, dura per un bambino, lo rende infelice? E il suo volto e il suo corpo, come si potrebbe immaginare, sono inerti e chiusi, simili alle piante che non ricevono luce?

Il burban socchiuse gli occhi per un istante. La mano sulla cintura si rilassò.

– A queste domande non risponderò, amico mio, – disse, – non perché non voglia: ma le parole di un padre non sono le piú adatte per parlare del figlio. Sentendole, tu non potresti fare a meno di pensare quanto è grande l'illusione, e quanto è bugiardo l'affetto. Ma poiché, se non mi inganno, tu hai generosamente accettato la mia preghiera, la risposta te la daranno direttamente il corpo e il volto e l'anima del mio figliolo. Tu stesso vedrai.

Capitolo terzo

Madurer era un bambino pallido ma non infelice. Sebbene avesse quasi undici anni, la vita rinchiusa aveva rallentato la fioritura del suo corpo, e i suoi lineamenti erano quelli di un bambino di nove anni. Tuttavia niente in lui era incompleto o gracile: il volto era limpido e grazioso, gli occhi fermi e scuri, i capelli nerissimi e folti. La carnagione era pallida come quella del padre. Vestiva casacche di lino ricamate con fili di cento colori, opera eccellente delle anziane serve che lo accudivano e mantenevano perfetta la pulizia delle stanze in cui viveva.

Quando il burban accompagnò Sakumat da lui, il bambino baciò le mani del padre e salutò con un piccolo inchino lo sconosciuto, guardandolo incuriosito.

– Madurer, – disse il burban tenendo una mano del figlio fra le sue, – avevo promesso un dono per la tua undicesima festa, e ti avevo annunciato una sorpresa, perché l'attesa moltiplicasse il piacere. Ora la tua festa è prossima. L'uomo che mi accompagna è Sakumat, un pittore molto capace che vive a Malatya, verso il sud. Io l'ho chiamato e ho chiesto la sua opera per decorare le tue stanze. Egli ha portato con sé molti pennelli e colori, e le sue mani sono come quelle di un mago. Poco fa ha accettato la mia richiesta: cosí avrai la gioia di vederlo dipingere, e le immagini della sua pittura saranno una bellissima cornice alle tue stanze.

Madurer tornò a guardare Sakumat, questa volta un poco piú a lungo. Poi baciò ancora la mano del padre, e disse:

– Padre mio, voglio dirti due cose: ma tu, ascoltando la prima, sappi che ce ne sarà una seconda. La prima è questa: immaginando in questi giorni il dono che mi avevi promesso, chissà per quale ragione, o forse per il mio desiderio, io avevo pensato che mi avresti portato un suonatore di kubikal, di quelli che si sentono da lontano, nelle strade del villaggio. Forse me lo aveva fatto pensare il tuo sguardo, che mentre parlavi della sorpresa si alzava a guardare le pareti, ma vedeva altre cose. Io credevo che tu pensassi al villaggio, e al suonatore che in quel momento si sentiva: tu invece pensavi alla pittura. Padre, a tal punto ero convinto di aver capito la tua intenzione, che già fantasticavo su come sarei stato seduto davanti al suonatore ad ascoltare la sua musica; e come lo avrei stupito, chiedendogli di suonare ancora e ancora, senza stancarmi mai, come fanno i bambini. Dunque adesso dovrei essere triste, perché non era quello il tuo dono: ma la seconda cosa, padre mio, è che non sono triste nemmeno un pochino, perché io non avevo pensato mai a dipinti nelle mie stanze. È un dono che mai avrei immaginato, e di fronte a questo, il suonatore di kubikal mi sembrerebbe adesso una bambola di legno. Perciò ti ringrazio, padre, e ringrazio chi è con te. Quello che portate è cosí bello e nuovo, che non riesco a tenere fermi i piedi!

Cosí detto, il piccolo Madurer baciò per la terza volta in fretta la mano del padre, e prima che i due uomini potessero dire qualcosa scattò in una corsa entusiasta lungo le pareti, entrando e uscendo dalla stanza, ridendo e facendo giravolte come un cucciolo impazzito di gioia.

Ganuan sfiorò con le labbra la propria mano, dove il piccolo l'aveva baciata, e sorrise.

– Questa è la risposta alle tue domande, amico mio, – disse. – Per quanto mi riguarda, ringrazio il creatore per questo figlio: e non ne vorrei uno diverso nemmeno se avesse le ali come gli angeli del monte Ararat. E tu vedi come occorreva che io insistessi, e come è bella questa gioia. Ma ora ti lascio: è tempo che facciate amicizia. Fin da adesso, Sakumat, chiedi qualsiasi cosa sia nel potere di un uomo, e l'avrai.

Quando il burban se ne fu andato Sakumat restò fermo ad aspettare, mentre continuava la scorribanda felice di Madurer, che sembrava voler mostrare e gridare la sua gioia ad ogni angolo delle stanze. Sakumat lo seguiva con lo sguardo, sorpreso e divertito come un allenatore di cavalli che osserva le forti sgroppate di un puledro nel recinto. Ogni tanto, quando il bambino scompariva alla sua vista, il pittore dava una rapida occhiata alle pareti chiare della stanza in cui si trovava, e provava a immaginare figure e colori: ma le grandi superfici restavano chiare anche nel suo pensiero, come se la loro bianchezza fosse piú potente dell'immaginazione, e sciogliesse in sé i suoi progetti.

Lievemente turbato, Sakumat si accorse che gli strilli del bambino erano finiti. Aspettò di vederlo sbucare dall'ampia porta ad arco che si apriva nella stanza, e conduceva in quella piú interna: ma tutto taceva, e il bianco delle pareti sembrava il colore stesso del silenzio.

Allungò il collo oltre la soglia, e non vide nessuno. Poi scorse un ciuffo di capelli scuri sparire oltre una sporgenza del muro. Si appiattí svelto contro la parete, e aspettò. Sentiva, a qualche metro da lui, un piccolo respiro affannato. Non si mosse; il ciuffo riapparve, prudente, e sotto il ciuffo il viso emozionato di Madurer.

– Sono qui! – lo sorprese il pittore, facendo rapidamente un passo avanti.

Il piccolo gridò e fece un salto, poi rise forte e corse di nuovo oltre la soglia che dalla seconda stanza passava nella terza. Sakumat l'attraversò senza fretta, ed entrò anche lui nell'ultima stanza, immacolata come le altre due.

Madurer si era nascosto dietro una sporgenza semicilindrica della parete di destra, proprio sotto una delle larghe feritoie da cui, piú in alto, entrava bianca la luce del giorno attraverso le garze.

– Io lo so dove sei... – disse Sakumat: ma di proposito si allontanò dal nascondiglio, dandogli le spalle. Sentiva dietro di sé il respiro eccitato del bambino, il suo stridío gioioso.

– Adesso ti trovo, Madurer... Sei nascosto certamente dietro quel vaso, – disse Sakumat, avvicinandosi con aria circospetta ad un grosso recipiente di smalto pieno a metà d'acqua, e continuando a dar le spalle al vero nascondiglio del bambino.

Sentí la breve corsa affannata e vittoriosa del piccolo, che attraversava la stanza e tornava a nascondersi nella seconda.

– Ah, non sei qui, corpaccio d'una salamandra! – esclamò il pittore con scherzosa delusione.

Gli diede un po' di tempo per trovare un nuovo nascondiglio, e lo seguí.

Capitolo quarto

Nei giorni seguenti Sakumat e Madurer stettero molto insieme, giocando e parlando.

– Che cosa dipingerai, Sakumat? – chiedeva il bambino.

– Non lo so ancora, Madurer. Ci ho pensato molto, ma la mia mente è rimasta vuota, bianca come le pareti di questa stanza.

– Però qualcosa dipingerai, vero?

– Certo, Madurer. Ma prima bisogna che ne parliamo, io e te. Bisogna che decidiamo quali sono i nostri desideri.

Facevano molti giochi insieme, si muovevano nelle tre stanze, sedevano al basso tavolino che, oltre al letto di Madurer e a un basso e lungo scaffale, era l'unico mobilio.

Madurer era un eccellente giocatore di scacchi: dalla prima partita Sakumat vide che il bambino gli era superiore. Ogni mossa che all'uomo costava silenziosa riflessione, trovava nel piccolo una risposta rapida ed efficace, quasi divertita.

Mentre i due erano assorti nel gioco, passavano silenziose per le stanze le vecchie servitrici, affaccendate a cambiare stoffe e tende, e a pulire ogni angolo. Le garze che filtravano aria e luce venivano sostituite ogni giorno.

– Cosa ti piacerebbe vedere attorno a te? – chiedeva Sakumat. – Che desiderio hanno i tuoi occhi?

– Sono molti, e un po' confusi... Io ho guardato tante figure sui libri che il burban, mio padre, mi ha donato. Possiedo quasi cento libri, e molti sono colorati, e non c'è una sola figura che io non abbia guardato attentamente piú di dieci volte. Ho visto cose incantevoli del mondo: il mare, le montagne, i grandi prati verdi e i laghi splendenti. Conosco la forma degli alberi della nostra terra, e anche di quelli di terre lontane. Ho guardato le figure di uomini vestiti in modo strano, gente di posti lontanissimi, e poi animali di ogni tipo. Tutte queste immagini mi sembrano belle e desiderabili, Sakumat, e stanno insieme nella mia mente. Non riesco a scegliere...

Ci fu un breve silenzio.

– Forse non è necessario scegliere, piccolo amico, – disse il pittore, – occorre solamente mettere ordine nelle immagini, e nei desideri.

– Cosa vuoi dire, Sakumat?

Il pittore tacque ancora, accarezzandosi la faccia con una mano. Da quando era salito nella terra di Nactumal aveva lasciato che la barba gli crescesse sul volto, e il pelo ispido e cosparso di bianco gli copriva le guance.

– Questa stanza ha pareti grandi, Madurer, – disse, – se tu vuoi, io posso dipingere il mare, le montagne e i laghi... Posso dipingere molte delle immagini che conosci. Ma bisogna che mi racconti le cose che hai veduto, e le immagini che ti sono care. Devi accompagnarmi a fare un viaggio nel tuo pensiero. Poi decideremo, e io ti aiuterò.

Da quel giorno Madurer prese a raccontare. Aveva proposto al pittore di guardare insieme a lui le figure dei libri, ma Sakumat le preferiva raccontate dalle parole. Madurer parlò dunque delle montagne e delle valli, delle colline coperte di frutteti, dei boschi fitti e dei campi lavorati, dei villaggi dai tetti bianchi e dai tetti rossi, con i viali animati, ornati ai fianchi da piante altissime mosse dal vento.

Senza accorgersene mescolava alle immagini dei libri quelle mai vedute, ma solo pensate, dei paesaggi di storie raccontate dalle serve o dal padre: luoghi selvaggi e miracolosi, sterminati e strani.

– Mi piace molto la figura del mare, – disse un giorno, – quando la penso, grandissima, azzurra e verde, è come se la gioia mi entrasse nel pensiero, e lo riempisse interamente.

Sakumat ascoltava, faceva domande, chiedeva particolari.

– Ora so abbastanza quello che dipingerò, Madurer, – disse dopo qualche tempo, – ma credo che dovremo prendere una decisione.

– Una decisione? Quale?

– Amico mio, noi abbiamo in mente le montagne, il mare... È certo che queste sono cose troppo grandi: ma non dobbiamo nemmeno accontentarci di immagini piccolissime. Se volessimo dipingere tutto su una sola parete, faremmo un mare ridicolo e delle montagne striminzite... Ci dovremmo logorare lo sguardo: io a dipingere, e tu a vedere... Allora propongo di dipingere tutte le pareti della stanza, in modo da avere piú spazio, e poter distendere lo sguardo su ampie figure.

– Certo! – esclamò Madurer. – Anzi, perché non...

Si interruppe confuso.

– Non frenare le tue parole, – lo invitò Sakumat.

– Ma temo che quello che vorrei sia un impegno troppo faticoso per te.

– Parla liberamente, Madurer. Ascoltare parole non è faticoso. Per il resto, vedremo.

– Ecco, io pensavo... se è vero quello che dici, perché non possiamo dipingere tutte le pareti delle mie stanze? Come se dappertutto ci fosse cielo, capisci? Cosí le figure potrebbero essere ancora piú grandi, e ricche di molte cose...

Sakumat pensò, passandosi una mano sulla barba che ormai gli tingeva la faccia di un bruno striato d'argento.

– Questa è una buona idea, Madurer. Quanto al tempo per farlo, non abbiamo fretta, vero?

Il piccolo sorrise, e non aggiunse parole.

– E ora dobbiamo mettere davvero un po' di ordine nel nostro progetto, – disse Sakumat.

– Spiegami tu, Sakumat. Io non capisco di che ordine parli.

– Madurer, – disse il pittore, – noi vogliamo dipingere il mondo. E allora occorre che, proprio

come accade nel mondo, la pittura passi da una figura all'altra in modo naturale, senza confonderle come i fogli di un libro che il vento ha strappato e mescolato. Cosí lo sguardo sarà come un calmo viaggiatore che va da un paesaggio ad un altro, senza salti o fastidiose interruzioni.

Madurer tacque a lungo, pensando. Poi disse:

– A volte, Sakumat, io faccio dei sogni: e nei sogni le figure si mescolano stranamente, e si confondono una con l'altra, e si trasformano in continuazione...

Dopo una pausa, Sakumat domandò:

– Vuoi che dipingiamo le figure come nei sogni, Madurer?

Il bambino restò in silenzio ancora. Poi sorrise e disse:

– No. Dipingiamo il mondo. Ai sogni ci penso io.

Cosí esplorarono le pareti delle stanze come fossero lo spazio dei cieli. Cominciarono a immaginare e distribuire i soggetti della pittura.

– Qui faremo il pascolo pieno di fiori profumati...

– Sí, Sakumat! Come quello della storia di Mutkul pastore!

– Allora, ci metteremo la capanna di Mutkul pastore. Piccola piccola, con il gregge di capre rosse... Erano rosse, vero, le capre di Mutkul?

– Sí. E ci metteremo anche il cane zoppo, Sakumat?

– Certo.

– Sarà bellissimo! Però... come faremo a vedere che è zoppo, da lontano?

– Forse non si potrà vedere, Madurer. Ma noi vedremo il cane, e sapremo che è il cane zoppo di Mutkul pastore.

– E poi da questa parte, ci saranno le montagne?

– Sí. E sotto le montagne ci sarà un villaggio. Lo faremo grande o piccolo?

– Non troppo piccolo, ma nemmeno troppo grande, Sakumat. Non troppo grande, perché se no ci prenderà tutto lo spazio.

– Spazio ne abbiamo. Lo faremo della giusta grandezza. E ci metteremo anche il minareto.

– Con sopra il muezzin che canta?

– Naturalmente. Cos'è un minareto senza il muezzin in cima? Un piccolissimo muezzin col naso lungo.

– E noi sapremo che ha il naso lungo, anche se sarà piccolissimo!

– Dietro il villaggio, prima della roccia, ci vorrebbe un bosco, pieno di volpi e di orsi.

– Sí! Ma, Sakumat...

– Cosa c'è, piccolo amico?

– Mi è venuto un pensiero. Tu hai detto, poco fa, che la pittura come il mondo non deve compiere salti.

– Sí, se non vogliamo dipingere le immagini dei sogni...

– No, dipingiamo il mondo. Ma allora guarda, Sakumat: qui la parete finisce, e il muro con uno spigolo duro si volta dall'altra parte!

– Lo vedo, Madurer, – sorrise il pittore.

– Ma allora qui le figure faranno per forza un passaggio brusco! Sarà come se il prato o le montagne, all'improvviso, cambiassero direzione nel cielo, e scomparissero... o come se il mare sprofondasse di là, capisci?

– Ho capito, Madurer. Ma credo che a questo non possiamo rimediare.

– Perché lo dici? Questi spigoli ci daranno molto fastidio! Io chiederò al burban, mio padre, di fare arrotondare gli spigoli dei muri! Cosí diventeranno morbidi, e le montagne curveranno lentamente, come quando un viaggiatore cammina, e lo sguardo non cadrà all'improvviso nel vuoto. E il mare non sprofonderà. Non sarà meglio, Sakumat?

– Sí, sarebbe meglio, credo. Ma credi davvero che il burban accetterà di fare togliere tutti gli spigoli ai muri, Madurer?

– Certo che accetterà. Noi abbiamo una buona ragione.

Capitolo quinto

Tutti gli spigoli furono tolti: le pareti si stendevano attorno a Madurer e Sakumat come uno spazio morbido e ininterrotto.

Mentre i servi provvedevano a quel lavoro, il burban fece chiamare il pittore, e cosí parlò:

– Ti ho chiamato nella mia casa per fare a mio figlio un dono insolito... Ora, mi accorgo, sta diventando un dono miracoloso. Confesso che dopo alcuni giorni, non vedendo nulla apparire sulle pareti, la mia impazienza di padre mi faceva pensare: «Costui, nonostante la sua fama, non è che uno sfaccendato che approfitta della mia ospitalità e gioca crudelmente con lo spirito del mio figliolo...» Di questi pensieri ti chiedo perdono: ma era il timore per la sofferenza di Madurer che li stillava nella mia testa, cosí come una ferita cola sangue e umore nero.

– Che cosa ti fa dire adesso, burban, che il dono a tuo figlio è miracoloso? – chiese Sakumat pacatamente. – Oggi ancora, se cerchi un solo tocco di pennello sulle pareti delle sue stanze, non lo troverai. E poiché sei stato sincero con me nel raccontarmi i tuoi pensieri, a te io rivelo che per molti giorni, all'inizio, la mia mente è rimasta vuota ed incapace, come se non avessi mai tenuto fra le dita un pennello, o ammirato e copiato la forma di un fiore. Una volta, poi, agitato nella notte da quel vuoto, ho preso la decisione di rinunciare, e di abbandonare all'alba seguente la tua casa. È accaduto prima dell'inizio di questa luna.

– Sí, – fece Ganuan annuendo, – io so ora che la tua mente, e quella di mio figlio sono piene di immagini e figure stupende. So che se riuscirai a dipingere anche solo la decima parte di quello che insieme state immaginando, il tuo sarà un lavoro ammirevole.

Disse le parole con una specie di soprassalto gioioso. Poi tacque sorridendo, e aggiunse:

– Spesso, in silenzio, io entro nelle stanze di Madurer, e da una certa distanza vi guardo e sento parlare mentre, vicini alle pareti bianche, muovete le braccia indicando le figure che vi nasceranno... Non mi avvicino mai troppo, ma credo che in quei momenti, anche se arrivassi ad un passo da voi, non vi accorgereste di me. Forse mio figlio, immerso con te nel lavoro gioioso del pensiero, non baderebbe a suo padre. Non credere che questo mi rattristi: mi dà anzi una grande contentezza, giacché non ho mai visto Madurer vivace e lieto come in questi vostri progetti. È sempre stato un bambino fervido e ricco: ma ora sembra godere di una eco splendida, e la gioia che da lui esce, in un modo che non so, gli torna addosso, e lo fa felice... Ecco dunque come, non veduto sebbene non mi nasconda, seguo e imparo il vostro gioco, ammiro la tua prudenza e la tua sapiente curiosità.

Ganuan tacque, versando tè fresco all'ospite. Bevvero guardandosi negli occhi, come usano gli uomini di quel paese per dimostrarsi, senza parlare, riverenza e stima, e mostrare di non avere nulla da temere o da far temere.

– Ma ora, amico mio, – proseguí il burban seriamente, posando la tazza preziosa, – io vedo assai bene che il tuo gioco è un gioco grande, e che si può allungare nel tempo e nella fatica piú di quanto tu ed io potevamo prevedere. Io desidero che continui, ma penso con preoccupazione: «Forse Sakumat ha altri lavori che lo aspettano nella sua città, o delle promesse da mantenere laggiú. Forse ha persone che lo amano e attendono il suo ritorno, e che il suo cuore desidera rivedere». Cosí io penso, ed è come un'angoscia. Tu sai, mio caro, quanto io apprezzo quello che stai facendo: tanto piú perché va molto oltre il dono che volevo fare... Ma se una delle cose che penso, o tutte insieme, sono cosí importanti da farti affrettare l'opera, o interromperla prima che sia compiuta, ti prego con tristezza di non cominciarla nemmeno, e di abbandonare subito la mia casa. Questo mi permetterebbe, con una scusa adatta e nel momento opportuno, di deludere il mio figliolo ad un punto in cui, come accade nei giovani, la sua delusione non durerà che qualche giorno. Anche in questo caso, naturalmente, il tuo compenso sarà quello che avresti avuto lavorando un anno nella mia casa... Ma se, in qualche modo, è possibile che tu continui l'opera che hai cominciato, e le dia tutto il tempo che essa richiede, io ti prego con umiltà e amore di restare. Se hai famiglia, o persone a te care, le manderò a prendere e le accoglierò nella mia casa come la famiglia di mio fratello, e per tutto il tempo che sarà necessario. Oppure, se tu preferisci, vi assegnerò una palazzina fresca e di grande conforto che sorge presso il bosco. Metterò cinque uomini al vostro servizio, e tre donne per il cibo e il lavoro della casa. Avrete tutti i cavalli che serviranno al vostro diletto, e rimarranno vostri per sempre. Alla fine, quando sarà, il mio compenso ti farà un uomo ricco.

Sakumat non rispose subito. Ormai la sua barba copriva guance e mento, e il gesto ruvido dei primi giorni era diventato una calma e abituale carezza che accompagnava, o precedeva, le sue parole.

– Vedo anch'io, burban, che il gioco si fa grande, – disse il pittore, – e so che per compierlo dovrò essere come un gigante muto, piú servizievole di quello che uscí dalla lampada del buon Aladino. Tuttavia, mio signore, il gioco ha preso anche me: io sto ai suoi bordi come un assetato a quelli di una fonte fresca e zampillante. Non ho sposa né famiglia a Malatya, e i miei amici sanno ricordarmi nella mia assenza, e sanno che io li ricordo. Quanto alla ricchezza che prometti, io ti dico che un pittore ha una sola bocca per i sapori del cibo, e un solo ventre da consolare. Chi guarda a lungo la terra e gli alberi e il mutare luminoso del cielo, non sente bisogno di altre abbondanze. Piuttosto, signore, vorrei chiederti qualcosa.

– Ti ascolto, – disse il burban, inchinandosi lievemente.

– Ho constatato che a niente mi giova alloggiare nella stupenda stanza che mi hai assegnato. In realtà ci sto pochissimo, perché i colloqui e la compagnia del tuo figliolo mi riempiono il giorno. La visione che godo da quella stanza, poi, per quanto meravigliosa, in qualche modo distrae e impoverisce la mia mente, occupata a costruire con Madurer il paesaggio del mondo. Ti chiedo dunque, se non c'è una ragione contraria, di far mettere per me un tappeto nelle stanze del tuo figliolo, in modo che io possa passare con lui ogni istante del tempo, come si addice alla forte amicizia. Cosí non perderò le occasioni della parola mattutina, il ricordo dei sogni che cosí presto svanisce, o le parole serali, in cui la pace e la saggezza si radunano.

Il burban sorrise e abbassò il capo tre volte, in segno di assenso profondo.

Questo fu il patto tra Ganuan, signore di Nactumal, e Sakumat il pittore: mentre il piccolo Madurer, nelle sue stanze ancora immacolate, guardava le pareti sdraiato fra i cuscini. Guardava con desiderio e con affanno gioioso, simile ad un innamorato che guarda gli occhi della sua amica.

Capitolo sesto

Le stanze di Madurer, chiuse e protette come sappiamo, erano tre, di forma e grandezza quasi uguale. Dalle larghe e alte feritoie schermate da garza bianchissima entrava una luce abbondante e uniforme, che riempiva lo spazio come un latte gassoso. L'unico accesso dal resto del palazzo era la soglia ad arco nella prima stanza a cui si giungeva dopo aver passato tre tende poste a un passo una dall'altra, triplice ostacolo per l'aria di fuori. Fra stanza e stanza non v'erano tende, ma larghe soglie squadrate: anche da quelle, come dagli angoli di ogni stanza, il burban aveva fatto togliere gli spigoli.

L'insieme dei tre locali era tanto vasto che Madurer, percorrendone il perimetro, poteva contare quasi cento passi uniformi.

Il letto del bambino era al centro della prima stanza. In quella, come nelle altre, pochi mobili di legno prezioso erano sparsi nello spazio chiaro. A qualche passo dal letto di Madurer stava un basso scaffale in avorio, pieno di libri e di giochi. Fu proprio accanto allo scaffale che Sakumat fece collocare il suo giaciglio. Durante il giorno, coperto di cuscini di seta, serviva ai due amici da punto di osservazione e di gioco.

Era ancora in quella stanza, la prima, che tre volte al giorno veniva Ganuan a parlare e giocare con il figlio; e due volte al giorno, con Sakumat, padre e figlio pranzavano su un tavolo basso che i servitori portavano già imbandito nella seconda stanza.

– Da dove cominciamo, Madurer? – chiese un mattino il pittore, dopo molti giorni di progetti e conversazioni.

– Siamo davvero pronti, Sakumat? – chiese il bambino.

– Vedi quanti pennelli? Abbiamo ogni tipo di colore. Il burban tuo padre ha fatto arrivare per noi gli oli e le polveri colorate piú preziose tra quelli che i mercanti portano dalla Persia con i cammelli.

– Non intendevo questo, Sakumat. Io chiedo se... siamo sicuri delle cose da dipingere.

– Abbiamo qualche idea, Madurer.

– Sí, certo. Ma non bisogna sbagliare.

– Perché dici questo? Perché non bisogna sbagliare?

– Perché se sbagliamo... se non facciamo le figure come vanno fatte, dovremo tenerle per sempre.

Sakumat alzò una mano. Disse:

– Invece possiamo sbagliare, Madurer. Basterà tenere gli occhi aperti, e accorgersi degli errori. Forma cancella forma, e colore copre colore. Però ora bisogna cominciare. Se non cominciamo non possiamo fare le cose giuste, e nemmeno quelle sbagliate.

– Sí, – disse il bambino, – hai ragione.

– E dunque, da dove cominciamo? Quale parete dipingiamo per prima?

– Questa. No... quella! Oppure... Vedi, Sakumat? Sbaglio già adesso, e non abbiamo nemmeno cominciato!

– Non stai sbagliando, Madurer. Stai decidendo. Questo è sempre difficile: ma si può fare.

Sakumat attese in silenzio. Il bambino si era fatto molto serio.

– Cominciamo da questa parete, – disse poi, – qui, a destra della porta.

– Bene. E cosa dipingiamo?

Ci fu altro silenzio.

Madurer si leccava le labbra e respirava profondamente, con gli occhi spalancati. Sakumat teneva le mani appoggiate su un cuscino, davanti a sé.

– Abbiamo parlato di molti luoghi, ricordi? – disse.

– Sí, ricordo. Ma aspetta un poco, per favore. È proprio difficile scegliere.

– Noi non abbiamo fretta, Madurer. Nessuna fretta davvero.

– Cominciamo con la montagna. Ricordi quando abbiamo parlato del prato fiorito e del pastore Mutkul? Facciamo la montagna dove vive Mutkul!

– Quella soltanto, Madurer?

– No, certo! Anche le montagne intorno. Non

tutte le montagne del mondo... Facciamo delle montagne.

Sakumat non chiese altro: si mise al lavoro. Con un carboncino tracciò le linee di una grande vallata, schizzando vette rocciose intorno. Indicò con tratti leggeri le zone di bosco, definí sul fondo della valle i campi coltivati. Tratteggiò un gruppo di case di pietra e una strada che si arrampicava sul monte, sparendo a tratti in avvallamenti pietrosi.

Dietro di lui Madurer guardava incantato. Ogni tanto si spostava inquieto, seguendo con il capo e il corpo i segni del carboncino sulla parete. Poi, calmato, sedeva sui cuscini e osservava a occhi socchiusi, godendosi le svelte aggiunte di Sakumat, ammirando il nascere ed ampliarsi degli spazi nella pittura.

– Quello che cosa è, Sakumat?

– Forse è un macigno. O una capanna. Vuoi che sia una capanna?

– Ma può essere una capanna?

– Certo. È vicina al grande campo... Può essere la capanna del contadino.

– Però, Sakumat, è davvero una capanna? Tu volevi fare la capanna? Sembra un macigno.

– È solo uno schizzo, Madurer. Niente è ancora finito. Potrebbe essere un macigno. E può essere la capanna del contadino.

Il pittore, con tocchi leggeri, aggiunse qualche segno, e formò l'immagine della capanna.

– È la capanna di un amico di Mutkul! – sbottò entusiasta Madurer.

– Come si chiama? – chiese Sakumat senza

voltarsi, – non ricordavo che Mutkul avesse un amico.

– Nella storia non c'era, infatti! Però Mutkul poteva avere un amico contadino, vero?

– Certo che poteva. Era un uomo socievole, anche se stava bene con le sue capre e il suo cane.

– Allora facciamo che si chiamava Insubat!

– Sí: questa è la capanna di Insubat. Aveva molte pecore, Insubat?

– No, perché non era un pastore: era contadino. Aveva un bue per tirare l'aratro e anche un asino vecchio dal muso peloso.

Sakumat schizzava rapidamente.

– Ecco, questo è il piccolo recinto per il bue e l'asino, – disse, – è qui, dietro la capanna.

Madurer si era di nuovo alzato e guardava ansioso la parete.

– E la capanna di Mutkul, dove la mettiamo?

– Ci penseremo oggi, Madurer, – disse il pittore, – ora siamo un po' stanchi. E fra poco arriverà il burban.

Piú tardi, nel pomeriggio, mentre sfogliavano insieme un libro che mostrava molti insetti dalle lunghe zampe, il bambino chiese:

– E il grande macigno, Sakumat?

– Quale macigno?

– Quello che... Quello che poteva essere un macigno, e dopo è diventato la capanna di Insubat. Quello che non era ancora la capanna... Il macigno che avrebbe potuto esserci, insomma...

– Sí, ricordo. Cosa vuoi sapere?

– Dov'è?

– Non so, Madurer. Non esisteva ancora... C'era qualcosa, là, e abbiamo deciso che è la capanna di Insubat. C'è solo la capanna di Insubat.

– Ma avrebbe potuto esserci anche il macigno, vero? E se non c'è, dov'è? Voglio dire, non esiste proprio per niente? Non c'è?

Sakumat stava per rispondere , ma si trattenne. Tacque per qualche istante. Poi disse:

– Forse è dall'altra parte della montagna. È sul lato che non vediamo.

Madurer prese a sfogliare il libro.

– Facciamo che è dall'altra parte della montagna, – disse, – quella dove ci sono anche i ladri di bestiame. È lí, proprio in un bosco di cedri. Non è mai completamente illuminato dal sole, perché i rami dei cedri sono fittissimi.

– Allora deve essere un po' coperto di muschio, – disse Sakumat.

– Di che colore è il muschio? – chiese il bambino, continuando a sfogliare il libro. – Io ho letto che è verde. Ma è verde come questa farfalla? È verde cosí il muschio?

– Un po' piú scuro. Assomiglia al verde di... questa parte del disegno. Ma ci sono molti tipi di muschio, e certamente esiste un muschio piú chiaro. Forse esiste un muschio dello stesso colore della farfalla.

– Tu l'hai visto?

– No. Non c'è molto muschio, in questa regione. Ma piú a sud, e anche a nord, fra le montagne alte, se ne trova moltissimo. Cosí dicono i viaggiatori.

Madurer alzò la faccia.

– Se esiste davvero, – disse, – e se la farfalla ci va sopra, nessuno la può vedere, perché ha lo stesso colore.

– Sí, è cosí, – disse Sakumat, – come la lucertola sulla roccia.

Madurer rise brevemente. Poi disse:

– Tu credi che la farfalla sappia di esistere, quando è sul muschio verde chiaro?

Anche Sakumat rise.

– Sí. Credo che sappia di esistere allo stesso modo di quando vola, o è in riva a una goccia d'acqua...

– Io invece credo che lo sappia un po' meno, – disse Madurer, continuando la sua risata leggera.

Capitolo settimo

Passarono i giorni, e nascevano le montagne. Non soltanto la vallata dove vivevano Insubat e Mutkul, e le pendici su cui il cane zoppo correva abbaiando dietro le capre: ma molte altre valli e cime, capanne e recinti, stambecchi visibili e serpenti invisibili, strapiombi e laghetti con le salamandre. Tutto lentamente nasceva, fatto di quello che Madurer e Sakumat sapevano e immaginavano e desideravano, abbozzando, cambiando, disegnando, colorando.

Il movimento della mano di Sakumat era pacato: sapeva attendere che attraverso la parola, le risate e i ricordi, il segno fosse insieme concordato.

Scomparve il bianco della prima parete, e al suo posto ci fu una parte montagnosa del mondo, uno spazio ben distribuito tra il vicino e l'infinito, tra il basso e l'altissimo. Ogni colpo di pennello aveva creato una dimensione, una direzione e una verità.

La pittura non si fermò. Scivolando sulla curva che raccordava le pareti, le montagne continuavano, mutando tessitura e tinta, abbassandosi in colline brune, spoglie di boschi e ricche di pietraie. Una zona pianeggiante fu poi distesa, con casupole sparse e lontani villaggi dai muri bianchi, molto simili a quelli di Nactumal.

In primo piano, anzi in secondo, giacché in primo piano vi era una sensazione luminosa di aria, una trasparenza adatta a guardare, un carro di nomadi con la tenda azzurra attraversava un ponticello di legno su un torrente. Era una illustrazione trovata da Madurer su uno dei suoi libri, e cosí amata e guardata che Sakumat l'aveva rifatta sulla parete. Ma dietro, sul piccolo cavallo pelo-di-pepe che trottava legato al carro, avevano aggiunto una bambina dal fazzoletto rosso in testa, che si chiamava Talya.

– Dove va il carro, Madurer?

– Va molto molto lontano, Sakumat.

– Sí, ma è diretto verso le colline, laggiú, o dall'altra parte?

– Perché lo chiedi?

– Vedi, qui, dopo la curva, la strada non è ancora disegnata. Possiamo farla proseguire verso le colline, cosí, con un largo giro, fino a quel villaggio; oppure possiamo farla andare a destra, verso la nuova parete.

– Cosa ci sarà sulla nuova parete, Sakumat?

– Continuerà il mondo. Non avevamo pensato di metterci una pianura? Terra e terra fino all'orizzonte.

– Sí. Fa la strada che va verso la pianura, – disse il bambino, – il carro di Talya va laggiú. Quando arriverà laggiú, Talya scenderà dal cavalluccio e raccoglierà fiori... Però, per favore, fai anche una strada che va verso il villaggio. Il carro prenderà l'altra, ma perché lo vuole, non perché c'è una sola strada.

– Certo, Madurer. Non c'è una sola strada, al mondo.

La terza parete, e anche la quarta, diventarono una pianura. Ci vollero due pareti perché era una pianura molto grande e conteneva moltissime cose: due villaggi, uno vicino e uno lontano, campi di grano e tabacco, mulini a vento simili a quelli della lontanissima Olanda. Era proprio verso i mulini che viaggiava il carro di Talya, su una strada che tagliava campi e villaggi, costeggiava un fiume verde: finché, ormai nella quarta parete, a sinistra dell'ingresso da cui la pittura era partita, arrivava ad una città assediata. Coloratissimi accampamenti di soldati circondavano le mura giallastre della città fortificata, batterie di panciuti cannoni sparavano palle e drappelli di cavalieri sollevavano polvere in carosello attorno alle mura. C'erano anche una catapulta e una torre di legno da cui gli arcieri scagliavano frecce contro i difensori della città. Ma gli assediati si difendevano bene, e si vedeva che avrebbero potuto resistere ancora per molto tempo. Sulla cima delle muraglie, incuranti di frecce e proiettili, donne belle ed eleganti osservavano l'accampamento avversario come una festa di parata. E, a ben osservare, che altro facevano i cavalieri assedianti, se non delle manovre per farsi ammirare dalle donnine di lassú? Che senso aveva il loro trotto, sotto le inespugnabili mura della città? Pensavano forse di poter spiccare un salto, e portare l'attacco all'interno? Ma le mura erano cosí alte e munite che i poveri fanti, piú in là, cadevano a grappoli dal tentativo di scalarle, e finivano come oche e porci nel fossato.

Sakumat impiegò tre mesi a dipingere l'assedio. Era una scena molto complicata, e ogni giorno si aggiungevano personaggi, vicende, storie da raccontare.

Poi, con l'aggiunta di un piccolissimo principe assediante che spediva con un piccione un messaggio ad una principessa assediata, quella parte dell'opera fu compiuta.

Sarebbe riuscito, il piccione messaggero, a volare illeso nel cielo turbinoso della battaglia? Molte frecce, in basso e in alto, erano puntate nella sua direzione; molti proiettili percorrevano la loro rotta invincibile, senza badare al bianco delle sue penne... Sakumat e Madurer sapevano che i soldati, guerreggiando, spesso si annoiano: e preferiscono mirare a un uccello, che cade senza un grido, piuttosto che tra corazza e corazza dei nemici, con il rischio di colpirli, e sentirli gridare, e vederne sgorgare sangue come da una brocca rotta... Tuttavia, per ora, il piccione era là, puro e chiaro nei primi metri del volo: e da lassú, sporta da una feritoia come dalla speranza, la principessa lo guardava arrivare, e col suo sguardo lo proteggeva.

Erano ormai trascorsi otto mesi dall'arrivo di Sakumat a Nactumal: ma la pittura, avvolgendosi

all'angolo smussato della soglia, non si fermava. Come un orizzonte aperto, la pianura la trapassava verso la seconda stanza, allontanandosi da mulini e assedi, e innalzandosi in dolci ondulazioni, nella forma di nuove colline.

– Perché ancora colline, Sakumat? – diceva il bambino. – Non abbiamo deciso che in questa stanza comincia il mare?

Sakumat non rispose, continuando rapido il disegno. Ma non passò molto che la linea morbida dei colli si interruppe, e un segno netto calò, disegnando una scarpata quasi verticale. Poi, tenendo leggermente il carboncino fra due dita, il pittore tracciò una linea sottile, continua, perfettamente orizzontale, per l'intera parete.

– Ecco il mare, Madurer.

Il bambino seguiva con lo sguardo la nascita dell'orizzonte.

– Non ti fermare, per favore, – disse.

Sakumat aveva ormai superato l'angolo tra le pareti.

– Ancora? – chiese senza voltarsi.

– Sí, ancora! Per tutta la parete, e anche l'altra... per favore! – disse Madurer. – Facciamo tutto il mare, in questa stanza.

Sakumat non si fermò. Lentamente, con sicurezza, tracciò la linea orizzontale tutto intorno, interrompendola all'ingresso della terza stanza e riprendendola dall'altra parte, fino a tornare alla porta tra la prima stanza e la seconda.

– Ecco, è tutto il mare, – disse.

Madurer, in piedi al centro della stanza, girava

lentamente su se stesso, guardando intensamente la linea leggera che divideva lo spazio bianco della parete. Girò piú volte, rosso in faccia, con gli occhi lucidi e le mani che stringevano l'aria in strane contrazioni.

– Sopra è il cielo, e sotto è il mare, – disse.

All'improvviso, con uno dei suoi scatti leggeri, corse nella prima stanza e tirò una corda appesa vicino all'ingresso principale. Dopo un istante entrò la piú anziana delle servitrici.

– Alika! Corri a chiamare mio padre! – disse il bambino.

– Non stai bene, mio piccolo signore? – chiese la donna guardandolo in faccia.

– Sto molto bene, Alika, – disse Madurer. – Voglio soltanto che venga mio padre, per mostrargli una cosa. Fai in fretta, per favore!

Capitolo ottavo

– I pesci sono infiniti, Sakumat?

– Non infiniti, – rispose il pittore, aggiungendo pennellate azzurro-verdi al mare, – ma certo nessuno li può contare.

– Qualcosa che non si può contare, è infinito! – fece Madurer.

Ormai il mare era completo. Tutto attorno alla stanza, fino al pavimento, un'intensa striscia azzurra, a tratti increspata, splendeva sotto il diverso azzurro del cielo. Nuvole gonfie ne coprivano una parte, venendo da lontano, allargandosi sull'orizzonte come una fioritura luminosa.

Scorrendo con lo sguardo il mare, si vedevano colori diversi. In certi tratti il blu, altrove un azzurro trasparente, poi un verde azzurrato, orlato di sottilissime strisce di spuma.

– Facciamo qualche pesce, Madurer?

– Non è possibile, Sakumat. I pesci stanno dentro il mare, e non li possiamo vedere.

– Ma anche noi, in qualche modo, siamo dentro il mare. Siamo un po' fuori e un po' dentro...

– No, è come se fossimo in una barca di vetro, – disse il bambino, – galleggiamo appena sopra il mare.

– Qualche volta i pesci saltano fuori, – replicò il pittore, – persino le balene fanno salti, e i delfini e i pesci spada, in branchi, guizzano fuori dall'acqua in arcobaleno. Seguono la rotta delle navi, anche di quelle di cristallo. E poi c'è il pesce volante, che può volare per centinaia di metri, prima di ricadere in mare...

– A te piace dipingere i pesci, Sakumat? – chiese Madurer guardandolo.

Il pittore sorrise.

– Sí, molto. Lo hai capito?

– Ma io credo... forse è meglio che i pesci stiano nel mare. Perché... Non so dirti il perché.

– Forse, Madurer, pensi che se li dipingiamo, sarebbero pesci fermi. Invece, sotto, nuotano veloci, e sono infiniti.

Fu Madurer a sorridere, adesso.

– Forse è per questo, Sakumat, – disse.

Cosí niente rompeva la linea del mare, che coronava quasi interamente la seconda stanza come uno spazio senza fine.

Stava per venire l'inverno e l'aria dell'alta vallata si rinfrescava. Di notte si dormiva sotto morbide pelli, e morbidissime casacche di lana erano state portate da Alika per il piccolo e il pittore. Oltre che coprirsene, i due amici le adoperavano per giocare ai travestimenti, e costruivano insieme personaggi stravaganti, riempiendo le casacche con i cuscini di seta.

Il mare finí a novembre: undici mesi da quando il pittore aveva iniziato il suo lavoro.

– Che cosa è quello? – chiese un mattino Madurer, dopo aver osservato a lungo, in silenzio, un tratto dell'orizzonte marino.

– Quello? È il mare.

– No! Quello... – indicò il bambino, – quel piccolo punto sul mare, un po' a sinistra della nuvola. Lo vedi?

E corse a mostrare col dito ciò che intendeva. Poi tornò sui cuscini, a fianco dell'amico.

Fuori, nel cielo della vallata, le nuvole passavano veloci, anche se non si sentiva suono di vento, coprendo e scoprendo il sole. Sebbene filtrata e indiretta, la luce nella stanza si affievoliva e tornava piena, facendo pulsare il mare.

– Non so cosa sia, Madurer, – disse il pittore, – non lo avevo visto, prima. Però qualcosa deve essere. Non è un uccello?

– No. Se fosse un uccello sarebbe un po' sollevato dall'orizzonte, o del tutto invisibile. Gli uccelli troppo lontani non si vedono. Ma cosa potrebbe essere, Sakumat? Potrebbe essere un'isola lontanissima?

– Certo. Oppure un'isola non troppo lontana, ma piccolissima.

– Oppure, potrebbe essere una nave!

– Sí.

– Come facciamo a saperlo, Sakumat?

– Basta che aspettiamo. Se domani c'è ancora, vuol dire che è un'isola. Se non c'è piú, o si è avvicinato, è una nave.

– Allora aspettiamo.

Il mattino dopo, appena sveglio, il bambino corse vicino alla parete.

– C'è ancora, guarda! È diventato piú grande: è una nave che si avvicina!

– Almeno per ora, – disse Sakumat, – potrebbe cambiare rotta, e tornare piccola, e poi sparire.

Madurer si avvicinò e lo colpí in silenzio con un cuscino di seta. Rideva e colpiva, mentre Sakumat chinava il capo per difendersi da quei colpi leggeri.

Poi Madurer tornò vicino alla parete, dove il punto sul mare era soltanto un poco piú grosso del giorno prima.

– Che nave è?

– Non lo so, Madurer.

– Forse è una nave pirata!

– Come quella che abbiamo sul libro rosso?

– Sí, di quel tipo. Due alberi, con trenta pirati a bordo... – il bambino si allontanò lentamente dalla parete, continuando a guardare. – Viene dalle coste di Grecia, e si chiama Tigrez.

Il mattino dopo, ancora piccolissima, la nave pirata si stagliava all'orizzonte, un poco inclinata, con le vele miste tese al vento. Era troppo lontana per poter vedere i pirati, ma la piccolissima bandiera era nera, e il punto bianco al suo centro non poteva essere che un teschio.

– Sakumat, io trovo che i pirati del Tigrez sono troppo prudenti, – disse Madurer.

– Perché?

– Perché navigano solo di notte, e di giorno se

ne stanno tutto il tempo fermi sotto il sole, nonostante tiri un gran vento... Avranno la noia, non ti pare? E non sapranno cosa fare. I piú ribelli si raduneranno all'ombra del boccaporto e borbotteranno contro il capitano. «Che diavolo sta facendo il capitano? – diranno. – Che diavolaccio di modo di navigare è questo? Che gli siano entrate le seppie nel cervello?»

Sakumat sorrise.

– Già, – disse, – è proprio uno strano modo di navigare.

– Credo che li possiamo un po' incoraggiare, vuoi? – disse il bambino.

Cosí Sakumat dipinse la nave piú grande, mentre il bambino osservava: e in tre giorni il Tigrez si avvicinò di un buon tratto. In una settimana almeno di un altro miglio, e ogni volta, poiché cambiava il vento, le vele erano tese in modo differente, e la chiglia tagliava l'onda con diversa angolatura.

Perché fosse vicinissima, il piú vicino possibile per una nave sospettosa, ci volle un mese intero.

Con il libro di pirateria aperto sulle ginocchia, Madurer dava consigli e faceva domande. Raramente Sakumat rispondeva a parole.

I pirati del Tigrez, in verità, non erano trenta, ma ventinove. In coperta se ne vedevano soltanto diciotto, perché gli altri erano di sotto, nella cambusa, in cuccetta, e alcuni addirittura ai ferri, per punizione. Ma di tutti Madurer conosceva nome e provenienza.

Il capitano era un greco di Salamina, e si chiamava Krapulos. Il secondo era un rinnegato di Rodi, di nome Purtik. Stavano tutti e due sul piccolo cassero a guardare il mare con un grosso cannocchiale, mentre sulla coffa, col braccio teso ad oriente, stava in bilico il moro Randui, che i pirati avevano liberato da una galera turca...

– Niente mozzo, su questa nave? – chiese un giorno Sakumat.

Madurer alzò la faccia dal libro che stava consultando. Ormai il vascello, lanciato in bolina stretta, aveva girato il fianco e si mostrava in tutta la sua grandezza: otto pirati erano alle manovre, in gran pericolo di cadere in mare.

– Ce ne vuole uno? – disse il bambino.

– Certo. Tutti i capitani da piccoli hanno fatto il mozzo su una nave pirata. Senza piccoli mozzi, niente grandi capitani.

– Anche Krapulos era mozzo?

– Era mozzo sulla Majada, un due alberi chiamato anche lo Squalo di Cipro, – asserí Sakumat. – Quando le navi turche di Kuranin il Pazzo affondarono la Majada, Krapulos, che aveva quattordici anni, nuotò una notte intera seguendo le stelle, fino all'isola di Santorini...

Il giorno dopo, a cavallo del palo prodiero del Tigrez, sedeva pericolosamente un mozzo dai capelli scuri, con una mano aggrappata ad una sartía del fiocco e l'altra al corno del drago che faceva da polena al vascello pirata.

Era il mozzo del Tigrez, e si chiamava Madurer.

– Non ci sono io solo al mondo con questo nome, no? – aveva detto il bambino con irruenza.

– Certo, no. Chissà quanti Madurer ci sono, – aveva ammesso Sakumat.

– Ecco: uno di loro è il mozzo del Tigrez, – aveva concluso il bambino, stringendo fra le cosce un grosso cuscino di raso. E fissava il mare oltre la prua.

Capitolo nono

Una notte Madurer si svegliò gridando. Sakumat e Alika lo trovarono sudato, aggrovigliato a se stesso nel letto, in un dormiveglia violento e doloroso.

Al mattino riposava tranquillamente, ma era molto pallido. Un leggero sudore gli bagnava l'orlo delle labbra e della fronte.

Ganuan vegliava con Sakumat vicino al letto del figlio.

– Gli accade cosí a lunghi intervalli, – disse il burban guardando la faccia del bambino addormentato. – A volte passano mesi, mai piú di una decina, però. Poi, per una settimana o due, resta debole e dorme a lungo; infine torna vivace come prima. I medici parlano di un accumulo delle sostanze che gli nuocciono. Benché protetto, qui dentro, è impossibile che non gliene arrivi una piccola quantità... Questi attacchi di febbre, dicono i medici, lo purificano.

– Mi chiedo, signore, – disse Sakumat a testa bassa, – se non siano di danno le polveri e i colori della pittura. Io li maneggio con molta attenzione, ma forse non abbastanza per la sua delicatezza.

– Non temerlo, amico mio, – rispose il burban, – non ci sono segni diversi in questo suo malore, e nemmeno è precoce: anzi è questo il piú lungo intervallo tra le crisi che abbiamo potuto misurare. Del resto, a suo tempo mi informai su questa possibilità, e tutti l'hanno esclusa. I tuoi colori sono per mio figlio solo fonte di contentezza.

Fu come il burban aveva previsto. Nei giorni seguenti, pur restando a letto senza forze, Madurer non mostrò piú segni di sofferenza. Negli intervalli dei lunghi sonni quieti, in cui passava quasi metà del giorno, riprese i suoi colloqui con il pittore.

– Ora c'è da dipingere la terza stanza, Sakumat...

– Sí. Come la dipingeremo?

– Ci penso molto. Sto prendendo una decisione.

– Ma non c'è fretta, piccolo amico. Tu sei stanco, e un poco anch'io. Non ci sarà nessuna conseguenza cattiva se interrompiamo per qualche tempo il lavoro.

– Sí, certo. Ma il pensiero non mi costa troppa fatica: e allora ci penso.

Il bambino chiese di trasportare il suo letto nella terza stanza, dalle pareti ancora intatte. Le guardava a lungo, in silenzio, tenendosi una mano davanti alla bocca con atteggiamento grave.

– Posso conoscere un po' dei tuoi pensieri, Madurer? – chiese Sakumat qualche tempo dopo.

– Ecco, io... Non sono proprio dei pensieri, Sakumat: sono come dei desideri, dei desideri di immagini che lottano fra loro... Immagini in contrasto nel mio pensiero. So che una vincerà, ma è ancora presto per sapere quale.

– Non vuoi parlarmi di queste immagini, Madurer? Forse, con le parole, sarà piú facile decidere.

Ma il bambino si era di nuovo addormentato. I suoi riposi, densi come possono essere solo quelli che seguono le grandi stanchezze, non duravano meno di un paio d'ore.

Sakumat usciva allora da palazzo e montava il suo vecchio cavallo. Attraversava al passo il villaggio, guardato con mutissima curiosità dalla gente, che sapeva qualcosa della sua presenza presso il burban. Quando il pittore, a quelli che piú arditamente sollevavano verso di lui la faccia, accennava un saluto, provocava inchini e timide ritirate.

Fuori dal villaggio lanciava il cavallo ad una andatura piú energica, senza mai spingerlo alla corsa. Sentiva, piú che nel corpo consumato della bestia, nel proprio la pesantezza dei mesi passati a dipingere, e faticava a ritrovare l'agilità e il gusto della cavalcata, che sempre aveva avuto. Tuttavia insisteva, lasciando che lo sguardo corresse attorno molto piú veloce del cavallo, a urtare in silenzio i larghi fianchi pietrosi della vallata, la cui immagine tornava come un'eco spogliata, continua e nitida. E gli sembrava di notare pietre e spazi e tinte con nuova precisione: di sapere, in qualche modo, prevedere le cose che il paesaggio poco a poco svelava...

Al ritorno trovava quasi sempre il bambino addormentato, e attendeva accanto al letto il suo risveglio. Se Madurer tardava a svegliarsi, camminava a lungo accanto alle pareti delle stanze dipinte e con lo sguardo ripassava ogni ricchezza delle pitture, ogni segno lasciato dai giochi pensosi fatti assieme al bambino.

Capitolo decimo

– Sai, Sakumat, prima avevo pensato di fare il mare anche nella terza stanza, – disse Madurer, descrivendo con la mano una linea orizzontale, – perché il mare è grandissimo, e non ce n'è mai abbastanza. Pensavo che ci avremmo messo qualche isola, e altre navi: era un progetto che mi piaceva. Avremmo potuto metterci anche i delfini e i pesci spada, e anche il balzo della balena. Avremmo potuto fare un mare cosí, non è vero?

– Certo.

– Poi però, immaginandomi la figura, mi veniva una specie di insoddisfazione, e pensavo che, non so come, anche se di mare non ce n'è mai abbastanza, tutto quel mare sarebbe stato troppo. Il mare ha... troppa lontananza. È troppo pieno di lontananza, capisci?

– Credo di sí, Madurer. Davanti al mare gli occhi non sanno stare fermi; il piede si stanca dell'immobilità. Credo di capire che cosa sentivi. E allora?

– Allora mi è venuto all'improvviso, cosí, un pensiero nuovo: un'immagine di qualcosa come il mare, ma con meno lontananza. Una cosa grande, ma vicina.

– E qual è l'immagine, Madurer?

– È un prato. Con l'erba e i fiori. Non come quelli che abbiamo fatto sulle montagne e le colline, però. Quelli sono visti da lontano. Io vedevo un prato con erba e fiori molto vicino.

– Un prato grande e vicino, – ripeté Sakumat.

– Sí, come un mare, ma vicino, capisci? Tutto intorno, in modo da esserci in mezzo. Di essere dentro.

– Cosí dipingeremo un prato, Madurer.

– Ma c'è una cosa. C'è una cosa che ti devo dire... Però ora ho molto sonno. Te la dico dopo, Sakumat.

Qualche volta, durante le attese, il pittore non usciva dal palazzo. Percorrendo corridoi e scale, per i quali aveva assoluta libertà di movimento, raggiungeva una torre non altissima ma decisamente piú elevata di ogni altra costruzione del villaggio, e guardava il volo degli uccelli. Li guardava cosí a lungo e attentamente che, tornando nelle stanze di Madurer, e trovandolo ancora addormentato, disegnava su grandi fogli di pergamena la traccia di quei voli, in larghi scarabocchi a nessun altro comprensibili. Poi piegava i fogli, e li riponeva nel basso scaffale della prima stanza.

Spesso, al risveglio, come se durante il sonno avesse vissuto una curiosità, Madurer chiedeva che il letto fosse spostato da una all'altra delle stanze dipinte, oppure orientato diversamente, in

modo da aver di fronte ora le montagne, ora la pianura e la città assediata, o le colline deserte, o la nave pirata nel suo mare cangiante, o il puro orizzonte marino.

– Cosa mi volevi dire sul nuovo prato, Madurer? – chiese Sakumat.

– Sarà bellissimo, vero? Io lo penso bellissimo.

– Credo che sarà bello. Facciamo buone cose, di solito, tu ed io. Ma avevi qualche altra cosa da dirmi, ricordi?

– Sí. Non è molto facile. Non vorrei che fosse troppo faticoso, per te.

Sakumat sorrise e aspettò senza parlare.

Il bambino riuní le mani sulla coperta, appoggiandole quietamente sul ventre. Era uno degli atteggiamenti di Sakumat, e spesso, volendo o no, Madurer li imitava.

– Ricordi la nave, quando arrivò? – disse.

– Certo che la ricordo.

– Voglio dire, ricordi che si fece vicina a poco a poco? Al principio c'era quel puntino lontano, e non sapevamo nemmeno che era una nave...

– Sí, ricordo bene.

– Poi diventò grande, e cosí si vedeva che era una nave.

– Sí. Prima viaggiava solo di notte, – sorrise Sakumat, – poi decidemmo di incoraggiare la ciurma...

Il bambino aveva la fronte corrugata, come per uno sforzo. Sakumat tacque, e aspettò.

– Io vorrei che anche per il prato fosse cosí, –

disse Madurer tutto d'un fiato, aprendo un poco le dita sulla coperta.

Sakumat alzò un sopracciglio.

– Se penso che vuoi una nave che arriva lentamente sul prato, penso giusto o sbagliato? – disse.

Madurer rise. Si sollevò nel letto e si appoggiò ai cuscini. Ormai era tornato abbastanza in forze, e la carnagione, naturalmente non troppo colorita, aveva perso tuttavia il pallore della malattia.

– Sbagliato! Volevo dire che mi piaceva moltissimo vedere la nave avvicinarsi. E anche il prato, mi piacerebbe vederlo crescere piano piano.

– Vuoi che lo dipinga lentamente?

– No... Vorrei proprio che fosse un prato che cresce. Prima con l'erba corta, poi piú lunga... Prima i fiori, come si dice, acerbi? E poi maturi. Capisci?

– Adesso ho capito, – disse Sakumat.

– E si può fare?

– Sí. Ma ci vorrà tempo.

– Prima delle montagne dicevi: «Abbiamo tutto il tempo, Madurer!» – fece il bambino, tentando di imitare la voce del pittore.

– È vero. Abbiamo tempo, – disse adagio Sakumat, – tutto il tempo che ci è dato, l'abbiamo.

– Puoi chiamare i servi, per favore? Vorrei far portare il letto nella terza stanza. Voglio dormire lí, mentre cresce il prato. Anche tu ci dormirai?

– Mmh... Alla mia età, un prato può essere troppo umido, di notte, Madurer! – fece Sakumat. – Ma visto che il prato crescerà lentamente, forse mi potrò abituare.

Quando, piú tardi, venne il burban a trovarlo, il bambino parlò a lungo con lui del nuovo progetto. Il padre disse che era una splendida idea.

– Nemmeno il burban di Ankara ha un prato in casa! – disse.

Poi Madurer si addormentò.

– Amico mio, quanto tempo occorrerà per dipingere il prato, come lui vuole? – chiese il burban a Sakumat.

– Come vuole lui... almeno quattro mesi, signore. Forse cinque.

– E questa è l'ultima stanza. Quattro mesi sono sufficienti... – disse fra sé Ganuan.

– Posso chiedere sufficienti a cosa, signore?

– Ad allargare l'alloggio di mio figlio. Chiudere le finestre, abbattere i muri delle stanze vicine. Non romperò il prato. L'ingresso potrà essere nella stanza delle montagne. Ah, tuttavia...

Il burban si interruppe, confuso, e guardò il pittore.

– Scusami, amico mio, – disse, – parlo come se il tuo corpo e la tua mente fossero i miei.

Sakumat sorrise.

– Il mio corpo e la mia mente sono ben vivi, e in mio possesso, signore. Non c'è un solo istante del tempo che passò in questa casa che non sia da me voluto ed amato.

Ci fu un breve silenzio.

– Ho notato, amico mio, che da quando sei giunto, ed è ormai molto piú di un anno, hai lasciato crescere la tua barba, – notò il burban in tono leggero. – Quando arrivasti eri poco piú di un giovanotto dal volto liscio. Ora la barba ti fa piú solenne. Per quanto tempo ancora crescerà? Non temi che i tuoi amici non ti riconoscano, quando ti presenterai a loro?

– Signore, io dirò loro: «Eccomi qui, sono Sakumat! Sono io, il vostro amico! Vi piace la mia lunga barba?» E ai miei amici piacerà. E forse, il piú scherzoso di loro me la tirerà con affetto.

Ganuan sorrise.

– Il tuo cuore è grande, amico mio e fratello.

– Signore, – si inchinò Sakumat, – io te l'ho detto: sono qui per la mia gioia.

Capitolo undicesimo

Sulle pareti della terza stanza nacque il prato, ed era un prato a primavera. L'erba di un verde fragrante era entusiasta, corta e compatta; i fiori avevano steli brevi e corolle appena schiuse.

Le condizioni di Madurer miglioravano di giorno in giorno; presto il bambino poté seguire il lavoro di Sakumat senza stare a letto, e porgergli come usava fare i pennelli che gli servivano. Quando, durante il giorno, cadeva in uno dei suoi sonni, trovava al risveglio piccole zone d'erba piú alta e fiori piú sviluppati. Poi cominciarono ad apparire le farfalle, e Madurer ne cercava esemplari raffigurati sui libri per portarli a Sakumat, che li dipingeva sul prato. C'erano farfalle di tutto il mondo, tra quei fiori: ma qualche farfalla, come molti fiori, non si sarebbero potuti trovare in nessun luogo, e in nessun libro.

– Posso aiutarti a dipingere, Sakumat? – chiese un giorno il bambino. – Questi fiori gialli sono facili da fare... Ne posso dipingere uno anch'io?

Sakumat rimase con il braccio sollevato, immobile, e abbassò la testa.

– Cosa c'è, Sakumat? – chiese Madurer, facendo un piccolo passo indietro. – Non vuoi che dipinga il fiore giallo? Non è molto importante. Non voglio rovinare il prato.

Il pittore si voltò adagio.

– Scusami per non averlo pensato, – disse, – dipingerai il fiore giallo, e anche altri fiori, se vuoi.

– No, non voglio rovinare il prato, assolutamente. Non dipingerò niente, perché non sono capace.

– Non rovinerai il prato, Madurer. Non è difficile dipingere il fiore giallo. Io ti aiuterò: non sarà difficile.

– No. Ho paura di sbagliare. Non voglio piú dipingere, adesso.

Sakumat depose il pennello e osservò a lungo il prato, come se non fosse accaduto nulla. Poi chiamò il bambino vicino a sé.

– Ecco come faremo, – disse, – io ti insegnerò a dipingere il fiore giallo sulla pergamena. Cosí potrai sbagliare, e non ci sarà danno. Quando i tuoi fiori andranno bene, mi aiuterai a fare quelli del prato.

Cosí Sakumat, un poco ogni giorno, insegnò a Madurer a dipingere i fiori, e gli steli dell'erba: e poiché fiori e farfalle non sono molto diversi, anche le farfalle.

Ci vollero tre settimane perché Madurer fosse soddisfatto delle proprie capacità, e cominciasse ad aggiungere piccolissimi fiori e farfalle al prato, che era diventato un maturo campo di giugno, ricco di vita colorata. Nessun fiore mancava ormai nello spessore dell'erba.

La pittura di Madurer si faceva ogni giorno piú coraggiosa, mescolandosi a quella di Sakumat, spettinando un po' l'ordine delle forme, il tessuto del verde: come se qui e là una grossa lepre avesse saltellato, o si fosse acquattata ad annusare i pericoli del campo. E il prato assorbiva quelle diversità come una vera foresta d'erbe e corolle, caldo e luminoso sotto un cielo senza tristezza.

Madurer, un giorno, cominciò ad aggiungere delle spighe sottili, dorate, che spiccavano nell'erba e spingevano, però non troppo, la loro cima nell'azzurro del cielo.

– È arrivato il grano, nel nostro prato? – disse sorridendo Sakumat, che si fermava qualche volta alle spalle del bambino, a guardarne il lavoro. – L'ha portato il vento fino qui, dalla grande vallata del Firat?

– Non è grano, – rispose Madurer serio serio, – queste non sono spighe di grano.

– Non è grano? Però sembra grano: un grano sottile...

– Sí, è simile al grano. Ma sono spighe di stralisco.

– Stralisco? È una pianta che non conosco, – disse Sakumat, avvicinando con curiosità la faccia a una delle spighe dipinte, per studiarla meglio.

– Nessuno lo conosce, – disse Madurer, – è una specie di pianta luminosa.

– Luminosa?

– Sí. Splende nelle notti serene. È una specie di pianta-lucciola, capisci? Noi adesso non la vediamo splendere, perché è giorno. Ma di notte lo stralisco illumina il prato.

Sakumat non rispose, continuando la sua osservazione.

Quella sera parlò al burban, e gli chiese di mandare un uomo a Malatya, presso il mercante Kayaty, che stava nella piazza della moschea...

Dopo una settimana, in piena notte, Sakumat scosse il bambino addormentato con dolcezza. Nel buio della stanza, seduto su un cuscino a quattro passi dal letto, stava il burban, silenziosamente.

– Svegliati, Madurer.

– Cosa c'è? Cosa c'è, Sakumat?

– Guarda.

Il bambino, confuso, si mise a sedere sul letto. Tutto intorno, nel buio, centinaia di spighe sottili splendevano di luce d'oro. Inclinate di qua e di là brillavano nel prato scuro, e sembravano oscillare al vento.

– Lo stralisco! – gridò il bambino balzando in piedi sul letto, stordito.

– È una notte serena, – disse Sakumat.

Madurer guardò in alto. Centinaia di punti lucenti splendevano nel buio del cielo.

A faccia in su, sprofondando con i piedi nel letto, Madurer girava su se stesso, e guardava. Apriva e chiudeva velocemente le mani davanti al petto, come per afferrare l'aria, e respirava profondamente.

– Oh! Mio padre lo sa? – disse, senza abbassare lo sguardo.

– Sí, Madurer. Sono qui, – disse il burban a bassa voce.

Anche lui, invisibile sul cuscino, respirava profondamente. Il suo fiato, piú vasto e lento di quello di Madurer, sembrava l'onda del vento che piegava lo stralisco.

Capitolo dodicesimo

La costruzione delle nuove stanze fu interrotta. Poco dopo la fine della primavera Madurer ebbe un'altra crisi, peggiore della precedente. Per tre giorni rimase senza conoscenza, tormentato e consumato dalla febbre violenta. Quattro medici, mandati d'urgenza a chiamare dalle città vicine, rimasero accanto al letto, consultandosi ed osservando la sua sofferenza.

Anche quando il bambino si riprese, e ricominciarono i lunghi e quieti riposi diurni, i medici restarono a Nactumal per continuare le loro osservazioni. Si informavano continuamente sul suo appetito, gli chiedevano in modo giocoso notizie sulle sensazioni del corpo, si facevano raccontare i suoi sogni.

Quando i medici erano presso Madurer, Sakumat si allontanava dal palazzo e compiva i suoi giri a cavallo lungo i fianchi della vallata, qua e là per i sentieri scabri e l'orlo pietroso dei pascoli. Qualche volta lasciava il cavallo a brucare e camminava lentamente lungo quelle file aride di pietre, chinandosi ogni tanto a sfiorare con le dita una sporgenza tagliente, o la consistenza della polvere bianca in cui la roccia si sfaldava al contatto.

I medici partirono dopo una settimana, salutando il bambino e il pittore con inchini silenziosi.

Quando se ne furono andati, il burban chiamò Sakumat e disse:

– Amico mio, la speranza si perde. Costretti alla sincerità, i medici hanno detto che mio figlio non vivrà a lungo. Il suo corpo, da sempre incerto ospite del mondo, sta per spegnersi. La potente e cieca forza della vita, quella che non mi ha permesso di diventare sordo mentre pronunciavano le parole, che ora non mi lascia impazzire per il tormento, sta abbandonando la sua carne leggera. Amico mio, io non ho mai conosciuto un dolore cosí grande: nemmeno quando morí Aviget, la sposa del mio cuore. Eppure ne vorrei uno maggiore, perché troppo piccolo mi sembra quello che è in me.

Ganuan abbassò il volto e pianse, e Sakumat pianse con lui.

Poi il pittore chiese:

– Quanto potrà vivere ancora, signore?

– Dicono non oltre un anno.

– Desideri che io me ne vada?

– Non ho desideri: ma questo è l'ultimo che potrei avere. Resta, se puoi.

Sakumat tornò a cavalcare. Il suo giro si fece piú ampio, seguendo la strada che in rapida diagonale attraversava i campi magri e giungeva poco sotto il crinale settentrionale della vallata. Da qui,

percorrendo in altezza il fianco settentrionale, usciva ed entrava in boschetti di basse querce tenaci e spinose, esponendosi a tratti di scarpata che il vecchio cavallo affrontava molto prudentemente. Compiendo una larghissima curva a ridosso dei monti, la pista piegava poi a sud, lungo il versante occidentale, incrociando sentieri appena accennati, scíe scabre di greggi e di carovane. Da qualsiasi punto di quel percorso, tranne che nei brevi tratti alberati, si poteva scorgere il palazzo bianco del burban, giú in basso, stagliato come una pietra di primo rango nel pietrame del fondovalle.

La discesa, lungo il lato sud, era meno diretta della salita, per un terreno dalla vegetazione aspra, interrotta da chiazze di fiori colorati e dai cespugli quasi azzurri di cupatja. Il giro si completava su una pista ben battuta che attraverso i pascoli piú ricchi della valle, dove brucavano quieti montoni abbandonati, riportava alle prime case del villaggio.

Sakumat fece tre volte l'intero percorso, come se ad ogni ritorno dimenticasse di averlo compiuto, senza badare al passo sempre piú rotto del cavallo. Poi guidò la bestia alle stalle e rientrò nel palazzo, dove un alto silenzio regnava.

Madurer era ancora addormentato. Ganuan sedeva a occhi chiusi presso il letto del bambino.

Sakumat percorse le pareti dipinte, osservando le montagne e la pianura, la città assediata e il mare, il vascello pirata e il prato rigoglioso, in cui il segno sparso dello stralisco gli sembrò piú marcato ed evidente del solito. Per tre volte, lentamente, come aveva fatto attorno alla valle, percorse i paesaggi e notò cose che non sapeva, forme e gesti e colori che non ricordava di avere creato.

Il burban, ai primi cenni di risveglio di Madurer, si allontanò come un'ombra.

– Buongiorno, Sakumat, – disse il bambino.

– Buongiorno anche a te, Madurer.

– Ho fatto una gran dormita, vero?

– Sí, un buon riposo. Ora stai bene?

– Sí, bene. Un po' debole, come le altre volte.

– Resterai a letto qualche giorno. Ti leggerò delle storie.

– Benissimo! E poi continueremo a lavorare. Chiederò al burban mio padre di far terminare in fretta le nuove stanze. Non dovrebbe mancare molto.

– Non molto. Ma abbiamo da lavorare ancora sulle nostre figure, Madurer. Ho delle idee, ma devo pensarci meglio. Come capitava a te prima di decidere il prato, ricordi?

– Sí.

– Intanto, finché non ti alzerai, leggeremo delle fiabe, e guarderemo le figure dei libri.

– E faremo qualche disegno sulla pergamena?

– Se non ti stancherà troppo. Ti insegnerò a dipingere gli uccelli.

Ma nei giorni seguenti le forze di Madurer non furono sufficienti a disegnare. Sakumat gli lesse molte storie, parlando con lui delle vicende e dei personaggi. Notava intanto come la forza stentasse, molto piú della volta precedente, a ritrovare le strade nell'organismo del piccolo. Ma il pensiero di Madurer, tra un riposo e l'altro, era rapido e desto. Soltanto, a tratti, lo prendeva una specie di distrazione, un momento di assenza, nel quale gli uscivano parole svagate, forse senza significato: come se il suo stesso pensiero, imprendibile, le facesse risuonare senza i legami del linguaggio. Anche i sonni diurni diventarono piú lunghi e insistenti.

– Costruire nuove stanze è una buona idea, – disse Sakumat. – Ma io ne ho una migliore.

– È quella a cui hai pensato in questi giorni?

– Sí. E mentre ci pensavo diventava piú bella.

– Allora dimmela, Sakumat.

– Ecco: se noi continuiamo ad allargare le pareti, non potremo piú dominare il paesaggio. Voglio dire che diventerà troppo grande per giocarci davvero. Resterà per molto tempo uguale, e sarà meno vivo.

Madurer taceva, attentissimo.

– Insomma, credo che queste pareti ci bastino, – disse Sakumat.

– Ma sono complete! – osservò Madurer. – Il Tigrez è grande nel mare, e piú grande non potrebbe diventare. Il prato è completamente fiorito. C'è anche lo stralisco che brilla di notte. Che altro possiamo dipingere?

Sakumat giocava parlando con le mani del bambino, come spesso faceva.

– Ricordi come abbiamo dipinto le cose, Madurer? – disse, stringendogli un po' piú forte le dita, – come era piccola la nave, all'inizio? E com'era acerbo il prato?

– Sí, li abbiamo fatti poco a poco. Piano piano.

– E ricordi una cosa ancora piú antica? Che il mondo non fa salti, e non si ferma?

Madurer rimase in silenzio, soppesando fra le sue dita piccole quelle piú grandi del pittore.

– Vuoi dire che i nostri paesaggi possono continuare? – disse.

– Possono continuare, sí. E cambiare. Se noi vogliamo.

– Cambiare come? Diventare piú belli?

– Sono già belli, Madurer. Ma possiamo andare avanti nella storia, aggiungere il resto della vita.

Il bambino sembrò affaticato. Stava rientrando nel torpore.

– Sí, facciamo cosí, – disse, – poi mi spiegherai, come...

Anche per Sakumat era stata una conversazione faticosa.

Ascoltò il respiro fragile del bambino assestarsi in cadenza piú regolare. Poi chiuse gli occhi. Come dalle ferite di un ramo, dalle palpebre chiuse uscivano lacrime chiare.

Capitolo tredicesimo

Col pretesto di dare notizie sulla costruzione delle nuove stanze, il burban aumentò le visite a Madurer.

– I lavori vanno bene, figlio. Fra poco saranno pronte, e si...

– Ti ringrazio, padre. Ma non c'è piú molta fretta.

– Perché dici questo?

– Perché io e Sakumat abbiamo deciso di lavorare ancora sui nostri paesaggi. Dobbiamo aggiungere il resto della vita.

Il burban tacque, guardando il figlio.

– Forse non mi spiego bene, padre mio, – disse Madurer, e lo prese per mano, – voglio spiegartelo da vicino.

Ganuan seguí il figlio finché si trovarono di fronte alle montagne, nella prima stanza.

– Che cosa vedi, padre? – chiese Madurer indicando con la mano una parte del paesaggio.

– La montagna. E sul fianco, la capanna del pastore Mutkul con il recinto delle pecore. Poi vedo...

– Un momento, padre. Quello che vedi, è proprio quello che hai già veduto?

– Sí, mi sembra. No, aspetta... Sbaglio, o le capre di Mutkul dovrebbero essere piú numerose? Mi sembra proprio che siano diminuite...

– Bravo! – esclamò Madurer. – Erano diciotto, precisamente!

– E adesso sono nove, – contò il burban, – nove soltanto.

– Sí, nove. Otto femmine e un montone. E sai perché?

– Forse è venuto un orso, di notte?

– No, padre.

– Dei ladri di bestiame, allora.

– Niente ladri. I ladri ci sono, ma stanno dall'altra parte della montagna. Da questa parte non vengono mai.

– Allora Mutkul ha venduto le capre che mancano.

– Mutkul non vende le sue bestie, padre. A lui non occorre denaro, perché mangia formaggio e beve latte, e si veste con la pelle delle capre. Però... ci sei vicino!

– Allora le ha regalate?

– Sí! – fece Madurer. – Sai, padre, Mutkul non ce la faceva piú a badare ad un gregge numeroso. Gli anni passano, e lui non è piú agile e robusto come una volta. Non riesce piú ad arrampicarsi per le rocce, e inseguire gli agnelli.

Il burban abbassò il capo, in ascolto.

– E cosí le ha regalate! – continuò Madurer. – Le ha donate ad un pastore giovane che vive appena oltre il crinale, e si chiama Bubakr, e ha i capelli rossicci.

– Ma Mutkul non aveva il suo cane zoppo, che lo aiutava? – chiese il burban.

– Oh, è morto, – fece Madurer con voce leggera, – è morto da parecchi mesi. Anche per questo Mutkul non tiene piú un gregge numeroso. Di altri cani non si fida.

– Ed è molto vecchio, ora, Mutkul?

– Non vecchissimo, padre. Però è piuttosto vecchio.

– Come me?

– No. È piú vecchio di te. Ed è molto stanco. Cioè, abbastanza stanco.

Madurer alzò la faccia e disse con aria solenne:

– Il tempo passa per tutti, padre mio.

– Certo, – disse Ganuan, e levò lo sguardo dal figlio, per osservare altre parti del paesaggio.

– Vedo laggiú un'altra novità, – disse, – non c'era neve su quelle montagne, mi pare...

– Infatti. Si avvicina l'inverno, – rispose Madurer, – gli orsi sono già entrati nelle grotte per dormire.

Con la mano mostrava al padre i mutamenti. Indicò il colore del bosco, meno verde di prima: vaste zone erano coperte da una tinta giallo bruna, e piú in basso l'erba dei prati era a tratti bruciacchiata dal freddo notturno.

– Lassú, vedi la caverna, sotto la roccia?

– Sí. È nuova anche questa?

– Prima era coperta dagli alberi. E vedi il testone dell'orso?

– Questo?
– No, quella è la roccia. Un po' piú in basso... Ecco!
– Sí, questo è l'orso. Bisogna guardare attentamente, per vederlo.
– È l'ultimo orso che va in letargo. Ha mangiato moltissimo, negli ultimi due mesi: bacche, noci, miele, frutta, e persino formiche!
– Persino formiche?
– Sí, padre. Gli orsi mangiano tutto.
– Allora ha la pancia piena.
– Grossa cosí! – e Madurer imitava ridendo la gonfia andatura dell'orso ghiottone. Poi sedette sui cuscini e continuò:
– Lo ha preso una grande sonnolenza, capisci? Ora va nella grotta a dormire per tutto l'inverno.
– Però adesso è ancora sveglio, – disse il burban, sfiorando con le dita l'ombra dell'orso nella caverna.
– Non dorme ancora. Ogni tanto fa due passi fuori, e sgranocchia qualche ramoscello. Ma soltanto per golosità, perché ha già la pancia pienissima. Respira, e fiuta l'inverno. Poi, fra poco, entrerà nella tana e ci resterà per molti mesi. Ma prima farà un bel mucchio di rami secchi davanti all'ingresso, per ripararsi dal vento, mentre dorme.
Il burban guardò intorno, stordito. Disse:
– Non fa freddo qui, vero? Vuoi che faccia accendere il fuoco?
– No, padre. Non fa freddo, – rispose Madurer, – è solo un po' meno caldo, perché l'estate è passata. Ma non occorre il fuoco.

Tutto il paesaggio della prima stanza era mutato: non in modo vistoso, ma in ogni particolare. Al posto del carro di Talya che andava con la sua tenda azzurra verso la pianura, c'era adesso un carro dalla tenda marrone che due buoi trascinavano verso la montagna. Nessun cavallo era legato dietro il carro, ma due grossi cani pelosi trotterellavano accanto alle ruote.

La città nella pianura non era più assediata. Attorno alle mura, presso il grande portale spalancato, si vedevano piccole baracche di mercanti. Rimpicciolito, vicino ad una tenda azzurra da nomadi, c'era il carro di Talya: e la piccola, quasi invisibile, che si esercitava ai salti acrobatici.

– Come è finito l'assedio, Madurer?

Il bambino invitò il padre a sedersi accanto a lui. Poi prese a raccontare:

– È finito in un modo abbastanza strano, e anche divertente. Devi sapere che il capo degli assedianti, il re Ras-Patay, si ammalò d'impazienza dopo tre anni di assedio: si ammalò tanto che morí. Alla sua morte non c'era piú motivo di assediare la città, e cosí le truppe dovevano andarsene: però diventò Re il principe Njulabey, figlio del morto. Il principe, ricordi?, era quello che mandava con il piccione il messaggio d'amore alla principessa assediata, che si chiamava Mutihah, e ora che era Re non se ne voleva andare, perché se partiva l'avrebbe persa. Però non poteva nemmeno restare lí senza combattere, senza continuare l'assedio, perché i suoi generali, a stare con le mani in mano, si sarebbero offesi. Allora cosa fece Njulabey? Si incontrò di nascosto sotto un albero di prugne con la principessa Mutihah, e si misero d'accordo per fare un bambino. Il giorno dopo il principe, che adesso era Re, chiama i suoi generali e dice:

«Chi mi può impedire di rinunciare ad essere Re?»

«Nessuno, Re Njulabey: ma ci vuole un erede!»

«L'erede c'è».

«Dov'è?»

«È nella pancia della madre, la principessa Mutihah, bella come il sole di maggio e mia eletta, al caldo e al comodo. Uscirà fra nove mesi, e credete voi che sarà contento, quando nascerà, di nascere in una città assediata dai propri generali?» Cosí, padre mio, quei generali furono messi a tacere, e l'assedio finí.

– Un trucco davvero astuto, – sorrise il burban, – e poi nacque il bambino? O fu una bambina?

– Un bambino: eccolo lassú! – indicò Madurer. – Lo vedi, sulla torre piú alta della città? Si chiama Nakutad.

– Ma è già un bambino grande.

– Certo. È nato da piú di dieci anni. Ha un cannocchiale, vedi? È per guardare le stelle.

– Lo vedo. Ma le stelle dove sono?

Madurer mise un dito davanti alla bocca, come per rivelare un segreto.

– Presto Sakumat dipingerà la notte, padre, come sopra il prato, – disse a voce fervida. – Ora

il sole, laggiú, sta tramontando. Poi faremo il buio, piano piano, e poi le stelle. Cosí il piccolo Re le potrà guardare. Potrà guardarle quanto vorrà, anche fino al mattino, perché è un Re e nessuno può mandarlo a dormire.

Capitolo quattordicesimo

– Dove va la nave, Sakumat? – chiese Madurer con voce fioca.

Ormai passava gran parte della giornata sui cuscini, a guardare il lavoro del pittore. Non aveva avuto altre crisi, ma le forze non erano tornate. Raggiunto un certo grado, anzi, avevano cominciato a diminuire. Lentamente il bambino si faceva pallido, e respirava con maggiore affanno.

– Ricordi quando ti chiesi dove andava il carro di Talya, Madurer? – disse il pittore, – ricordi cosa mi hai risposto?

– Ho risposto: «Va molto lontano, Sakumat».

– Anche la nave va molto lontano.

– Però, Sakumat, tu mi hai chiesto: «Ma va verso la collina, o verso la pianura?»

– Nel mare c'è solo l'orizzonte, Madurer.

– Allora la nave va verso l'orizzonte, – disse il bambino.

Guardava intensamente il vascello che, un poco inclinato a sinistra, era ormai lontano nel mare, con le vele gonfie tinte di rosa.

– Dopo l'orizzonte, c'è un altro orizzonte, – disse Sakumat.

Dipingeva con le spalle al bambino, ritoccando con il pennello le piccole onde ribollenti ai fianchi del veliero.

– Noi non lo vediamo l'orizzonte che c'è dopo, – osservò il bambino.

– Però c'è.

– Madurer lo vede?

– Come? – disse Sakumat, voltando il capo.

– Madurer, il mozzo, quello che sta sulla punta della nave, – ripeté il bambino a voce appena piú alta, – lui vede l'altro orizzonte, vero?

– Certo. Lo vede. Lui vede tutti gli orizzonti, e li vede per primo.

I sonni di Madurer occupavano piú di metà delle giornate e la notte intera. Erano lievemente agitati, ma senza angoscia: come se, in essi, il bambino cercasse di spiegare qualcosa a qualcuno, o a se stesso, senza riuscirci pienamente. Quando si svegliava non si rendeva mai conto di aver dormito a lungo.

– Com'è lontano il Tigrez! Se noi non sapessimo che è il Tigrez, non lo potremmo riconoscere! – disse a un risveglio.

– È il Tigrez: vedi le vele? Solo il Tigrez ha le vele cosí, in tutto il mare tra Grecia ed Egitto.

– Che orizzonte sta vedendo, adesso, Madurer?

– Un orizzonte uguale a quello che vediamo noi, probabilmente, – disse Sakumat, – il mare è molto grande. Contiene tanti orizzonti.

– Ma dopo l'ultimo orizzonte, cosa vedrà Madurer?

– Non c'è l'ultimo orizzonte, – disse Sakumat,

– il mondo è rotondo. L'orizzonte non finisce mai.

– Allora, quando il Tigrez non ci sarà piú... Voglio dire, quando non lo vedremo piú, continuerà dall'altra parte dell'orizzonte, fino a tornare indietro! – esclamò con forza leggera il bambino.

– Certo. Un giorno o l'altro, il suo orizzonte sarà quello, – e Sakumat indicò con il pennello tinto d'azzurro l'altro lato della stanza, dove intatta si stendeva la linea del mare.

Con qualche difficoltà, gioiosamente, Madurer si spostò sui cuscini per vedere meglio il mare da quella parte.

– È vero! – disse sforzando la voce, – quando avrà fatto il giro, lo vedremo arrivare dall'altra parte! E sarà ancora un puntino, ricordi?

Sakumat posò il pennello e andò a sedersi accanto al bambino.

– Sí. Dovremo avere pazienza, quando spunterà, perché il puntino potrebbe essere un'altra nave. Non c'è solo il Tigrez, sui mari del mondo.

Ridevano leggermente, guardando insieme il mare libero.

– Certo, non c'è solo il Tigrez, – disse Madurer, – però, se non sarà quello il puntino giusto, prima o poi il Tigrez spunterà.

– Sicuro, – fece Sakumat, – chi lo ferma, il Tigrez?

Il bambino tornò a guardare la parete su cui la nave ormai piccolissima viaggiava verso il primo orizzonte.

– Io vorrei che fosse molto veloce, – disse, – che andasse in fretta a... Che trovasse presto i suoi orizzonti.

Sakumat lo guardò.

– Hai detto una cosa bellissima, Madurer.

– Che cosa ho detto?

– Che il Tigrez va a trovare i suoi orizzonti. Questa è una poesia.

– Allora io sono un poeta, Sakumat!

– E piuttosto bravo, direi, – disse il pittore, abbassando la testa.

Madurer rideva. Inquietamente si voltò verso l'amico.

– Tu hai la faccia stanca, Sakumat – disse poi, serio, – sei molto pallido, e anche un po' magro.

– Sono davvero pallido e magro, Madurer? Bisogna che vada a guardarmi in uno specchio... Ma forse è meglio che non ci vada. Non mi vorrei spaventare. Lasciamo lo spavento nello specchio.

– Sí. La tua immagine è là che aspetta, per farti spavento: ma tu non ci vai! – esclamò il bambino. Poi aggiunse, calmo: – Forse ti stanchi perché non posso ancora aiutarti a dipingere.

– Non lo credo, Madurer, – disse il pittore, – non è faticoso, lavorare con il pennello. E la nave va cosí veloce, che fra poco basteranno tre colpi di colore...

Madurer tornò con lo sguardo al mare sgombro, alla sua destra. Tacque qualche minuto, pensando e respirando lentamente. Poi chiuse gli occhi e, per qualche istante, si addormentò.

Sakumat si passò le mani sulla faccia, in silenzio. La barba era ormai lunga, e numerosi fili bianchi vi segnavano le ondulate piste del tempo.

Il bambino riaprí gli occhi.

– E se dall'altra parte del mondo, fra un orizzonte e l'altro, affondano il Tigrez? – disse accigliandosi, come se avesse fatto in quell'istante un sogno di sciagura.

– Può capitare, Madurer, – disse Sakumat lentamente, scostando le mani dal volto, – il vecchio Krapulos è certo un gran capitano, la ciurma è sveglia e fidata, la nave è forte... Ma può capitare. Tu pensi che capiterà?

– No. Ma ci proveranno! – disse Madurer quasi con ira.

– Chi ci proverà?

– Gli spagnoli. E poi anche i greci.

– Tutti insieme? Ahi, povero Tigrez...

– Non tutti insieme. Prima gli spagnoli, dalle parti della costa libica, e quasi un mese dopo, i greci.

– Ma Krapulos, è greco anche lui! Come mai gli dànno la caccia? Sono altri pirati?

– Non ricordi cosa diceva quel ragazzo nella storia di Zineb e i pirati, Sakumat? Diceva: «Tutti i pirati sono nemici di tutti».

– No, diceva: «Per un pirata, tutto il mondo è pirata».

– È piú o meno la stessa cosa, no?

– Sí, infatti. E poi, cosa accadrà?

– Dunque, gli spagnoli andranno a picco in un baleno, perché combattevano ubriachi di vino.

– Sia lode ad Allah, e al suo profeta. E i greci?

– Con i greci sarà piú dura. Il Tigrez sarà colpito da una bordata.

– Vittime a bordo?

– Purtik, il nostromo. Via la testa con una palla di cannone.

– Beh, era un rinnegato. Prima o poi la doveva perdere, la testa. Lascia una vedova a Rodi, se non ricordo male... Ma si è già risposata da ventitre anni.

Madurer rise debolmente.

– Invece lo sai chi fa vincere il Tigrez? – disse.

– Chi?

– Madurer.

– E come fa? È solo un mozzo.

– Sí, però ad un certo punto della battaglia con i greci, c'è da andare in fretta sul pennone per manovrare la vela quadra, e sotto il tiro dei greci nessun altro ce la fa. Ci provano in sette, e cascano giú come mosche, e si sfracellano un po' sul ponte, e un po' finiscono in mare.

– Poveracci! Allora va su Madurer?

– Sí, va su come un gatto.

– Ma i greci non sparano anche a lui? O sono sbronzi di vino greco?

– No, sparano e mirano dritto. Ma Madurer non è mica scemo. Sale coperto dall'albero, e cosí in fretta che nessuno riesce a prendere la mira. Eppoi c'è il mare agitato, e tutto si muove.

– Bene. E cosí riesce a girare la vela quadra.

– Allora il Tigrez fa la manovra giusta, e sperona la nave dei greci. Muoiono quasi tutti, perché lí ci sono i pescecani. Tre si salvano, e diventano pirati.

– Ahi, povero Krapulos! Tre nuove bocche da sfamare!

– Due bocche in piú, Sakumat. Purtik ha perso la testa, e quindi la sua bocca non c'è piú.

– E quelli che tentavano di salire alla manovra? Quelli che si sono spiaccicati e caduti in mare?

– Ah sí. Quelli... Sono morti in due. Uno coi pescecani, e uno proprio fracassato sul ponte. Due su sette sono morti. Cosí non c'è una sola bocca in piú da sfamare!

– E chi erano?

– Gente da poco, anzi da niente. Non si sa nemmeno come si chiamavano. Per ricordare i loro nomi, dovremmo dire quelli di tutti gli altri. Insomma, esistevano poco anche prima, capisci?

– Come la farfalla verde sul muschio verde.

Madurer rise.

– Allora il Tigrez ci guadagna, con i due pirati nuovi! – disse Sakumat.

– Certo! – disse Madurer. – Perché poi saranno fedelissimi a Krapulos. Sono di Salamina, suoi compaesani. Anzi, uno è suo cugino.

– Com'è piccolo il mondo, – disse Sakumat alzando le spalle. – E allora, per il nostro mozzo, ci sarà un premio?

– Diventerà nostromo.

– Cosí, di colpo? Non è un pochino troppo giovane? E gli altri pirati non sono invidiosi?

– No, nessuno è invidioso. E poi nessuno di loro vuole fare il nostromo. Non vogliono le re-

sponsabilità. Ma siccome un nostromo ci vuole... E poi, quando c'è la battaglia, possiamo fare che Madurer ha già sedici anni. A sedici anni si può fare il nostromo, vero?

– Sul Tigrez sí, – disse Sakumat, – Ma ora sei stanco, Madurer, dovresti...

Madurer lo interruppe, con un gesto della mano.

– Tutte quelle battaglie rallenteranno un po' il viaggio, però!

– Sí, un po'. Ma ci sarà buon vento. Tutto il vento che occorre.

– Forse è meglio che la battaglia con gli spagnoli non c'è stata. Facciamo cosí. Quella battaglia non c'era.

– Pensa se lo sapessero gli spagnoli, che festa farebbero! – disse Sakumat. – Ma adesso riposa, Madurer.

Il bambino si abbassò tra i cuscini.

– Quando il Tigrez tornerà e sarà vicino, si vedrà che Madurer è nostromo?

– Si vedrà di sicuro. E forse, allora, sarà già diventato capitano. Un capitano si vede da lontano, no?

Quel gioco fu l'ultimo che Madurer fece con lena.

Capitolo quindicesimo

– Padre, vedi? Il prato si addormenta, – disse Madurer.

Erano trascorsi nove mesi dalla crisi decisiva. Ora il bambino giaceva nella terza stanza su un letto leggero, piú facile da spostare. Non si alzava piú, e il burban veniva spesso a trovarlo durante il giorno. Qualche volta passava accanto al figlio l'intera giornata.

Intorno, Sakumat aveva spento lentamente le tinte estive del prato. L'erba rigogliosa aveva mutato colore; i fiori si erano uno ad uno contratti ed asciugati, e poi avevano cominciato a piegarsi. Come l'onda lenta del tempo, il pennello passava e ripassava sull'erba, imbevendola di luce bruna.

– Il prato si addormenta, – ripeté Madurer, con la sua voce quasi imprendibile.

Mano a mano che Sakumat si muoveva lungo le pareti, il lettino veniva spostato in modo da permettere al bambino di guardare il lavoro. Grossi cuscini gli tenevano sollevata la testa anche durante il sonno, per facilitare la respirazione. Spesso il bambino ripeteva piú volte le frasi, come se dimenticasse immediatamente di averle dette.

– Il prato si addormenta, padre.

– Sí, Madurer, – disse il burban, – anche gli insetti si addormentano?

– Alcuni. Alcuni insetti si addormentano, perché hanno una vita breve. Non potrebbero mantenere belle le ali durante l'inverno. Non potrebbero mantenerle, e allora le dànno al prato.

– Sí, è cosí, – disse Ganuan, – non vedo piú una sola farfalla in tutto il prato.

– Sai cosa prova il prato?

Anche la vista del bambino si era indebolita. Madurer chiedeva spesso che portassero il letto vicino ad un punto o ad un altro delle pareti, per vedere meglio la trasformazione.

– Padre, sai cosa prova il prato?

– Vuoi dire l'erba?

– Sí, l'erba, i fiori. Anche quello che non è erba e fiori. La terra, gli animali, i piccoli sassi, le radici. Il prato. Tutto il prato. Sai cosa prova?

– Ti ascolto, – e Ganuan avvicinò la testa a quella del figlio.

– Il prato sente una stanchezza felice, – disse il bambino, con il tono di chi rivela un segreto, – come quando si corre molto nel gioco. Il prato ha corso molto...

Tacque all'improvviso. Il burban restò in silenzio, con la testa vicinissima, ad aspettare.

– Il prato ha corso molto, – rispose Madurer, – con gli insetti e i semi e il vento. Anche i suoi colori sono andati lontano. Andati e tornati molte volte. Poi...

Si assopí improvvisamente, bruscamente, come gli accadeva sempre piú spesso.

Il burban sollevò prima la testa, poi il busto. Seguí in silenzio il lieve movimento delle spalle di Sakumat che dipingeva.

Il sonno del bambino fu breve. Si svegliò senza soprassalto, e riprese a parlare come se il sonno fosse stato solo una pausa del respiro.

– Il prato non sente il sopra e il sotto, – disse.

– Cosa vuoi dire, Madurer? – chiese il burban tornando a chinarsi.

– Non sente le radici nella terra e gli steli nell'aria, – disse Madurer, – non sente il dentro e il fuori. Capisci?

Il burban tacque.

– Guarda là, padre, – disse il bambino indicando attorno, – vedi, le radici del prato sono nel cielo della terra, e i fiori sono radici nell'aria.

Con la mano aperta copriva da lontano la fascia dipinta sulla parete.

– I fiori sono radici nell'aria. Gli animali entrano ed escono, sono dentro e fuori. Entrano nella terra, escono dal cielo. Il prato li protegge nel loro passaggio. Li protegge. Li sente tutti e li protegge.

Ganuan sollevò una mano del figlio e la baciò.

– È vero quello che dice Sakumat, figlio. Tu sei un poeta.

Madurer sorrise.

– Il prato è un poeta, – disse, e nuovamente si assopí.

Sakumat aveva compiuto un altro giro. Cambiò

colori e pennelli, e cominciò a ripercorrere il prato, come una nuova onda del tempo.

Aggiungeva spazio tra uno stelo e l'altro. Troncava molti steli. I fiori bruciavano in polvere e la terra mostrava la stoffa bruna oltre l'ultima erba.

Ganuan non parlava al pittore, né il pittore a lui. Quando il padre entrava nella stanza del figlio, i due uomini si salutavano con un piccolo inchino. Qualche volta, durante i sonni del bambino, Sakumat se ne andava, senza però allontanarsi dal palazzo. Poi tornava e riprendeva in silenzio il suo lavoro. Ai pochi bisogni di Madurer provvedeva ormai solo la vecchia Alika, aiutata dallo stesso burban e dal pittore.

– Vuoi parlare ancora con me, padre? – disse Madurer.

– Se tu lo vuoi.

Il bambino lo guardò quasi con curiosità. Dopo un silenzio, disse:

– Io ti amo molto, padre.

– Anch'io ti amo, Madurer.

– Io amo molto Sakumat.

– Anch'io lo amo, – disse Ganuan, e sorrise.

Anche Madurer sorrise.

– È bravissimo, vero? – disse.

– Forse è il migliore al mondo, – rispose il padre.

– Secondo me, questo prato è il suo lavoro piú bello, – fece Madurer corrugando lievemente la fronte.

– Anche piú bello delle montagne, e del mare?

– Sí. È piú bello.

– Tu sei un esperto, ormai. Deve essere cosí.

Parlavano molto piano, piú piano ancora di quanto il bambino poteva, per non farsi sentire dal pittore.

Dissero qualche altra parola, e poi tacquero per un lungo momento.

– Anche lo stralisco si addormenta, Madurer? – chiese il burban, a voce molto bassa.

– Sí, certo. Tutto il prato si addormenta, vedi. Si sveglia al sonno, perché quando si è svegli, non è come il sogno di uno che dorme?

– Nelle notti d'inverno, non ci sarà piú la luce dello stralisco? – disse Ganuan, voltandosi a guardare il prato spento.

– Però ci saranno le stelle, padre, – disse Madurer.

Ganuan abbassò la faccia. Si guardò le mani, appoggiate in grembo, come due animali che avesse ucciso senza volere.

Poi disse adagio:

– Le stelle sono lontane. Lo stralisco è vicino.

– Davvero, padre? – disse Madurer sollevando un poco la testa verso di lui. – Non sai che sono la stessa cosa? Non...

Ganuan guardò il figlio che si era interrotto, e appoggiando la testa ansimava lentamente per la fatica delle parole.

– Sono la stessa cosa? – chiese il burban.

– Sí, padre. La stessa.

Capitolo sedicesimo

Quando Madurer fu morto, e la casa e il villaggio ebbero pianto per molti giorni, il burban chiamò Sakumat.

– Ora sei mio fratello, – disse, – la mia casa è la tua, e dei tuoi eredi. Se non vorrai fermarti nella tua casa, porterai con te metà della mia ricchezza in oro, pietre, spezie e stoffe pregiate.

Il pittore si inchinò. Aveva la barba ormai quasi del tutto bianca. Gli ultimi mesi passati nella stanza di Madurer gli avevano imbiancato anche la pelle e disegnato rughe sottili agli angoli degli occhi.

– Ho già avuto metà della tua ricchezza, signore, – disse, – e pure la parola «fratello» è dolce da sentire. Ti chiedo soltanto un cavallo giovane. Il mio era già vecchio quando arrivai: non sopporterebbe il viaggio fra le montagne.

Molte parole pronunziò il burban perché Sakumat accettasse ricchezze e doni, ma inutilmente.

Dopo qualche giorno, su un fresco cavallo bianco, il pittore, solo per sua richiesta, lasciò il palazzo ed il villaggio. All'imbocco della vallata, prima di sparire dalla vista di Nactumal, fermò il cavallo, radunò un mucchio di sterpi, vi mise sopra la cassetta che conteneva i pennelli e appiccò il fuoco. Restò seduto, guardando il fumo del legno perdersi fra le rocce grigiastre e le fiammelle del piccolo rogo sventagliare vivaci in tinte inconsuete.

Quando tutto fu cenere Sakumat guardò Nactumal per l'ultima volta e rimontò a cavallo.

A Malatya, due giorni piú tardi, lo riconobbero a stento. Molti domandarono che cosa lo avesse tenuto lontano: a tutti Sakumat rispose che era stato un lungo lavoro, e niente piú.

Quando si sparse la notizia del suo ritorno cominciarono a bussare alla sua casa, per chiedergli di dipingere scene di caccia e di bagni, di uccelli e di fiori. Dopo aver detto di no al decimo che era venuto, e avere per la decima volta rifiutato di spiegarne la ragione, Sakumat vendette la casa e salutò gli amici per sempre.

– Sei stato via cosí a lungo, e già te ne vai?

Sorrideva e li abbracciava in silenzio.

Partí e cavalcò per tre settimane, oltre le montagne, lungo il fiume Ceyhan, oltre Adana, e Içel, oltre la foce del turbolento Göksu, lungo il mare. Piú in là, al limite di un piccolo villaggio sparso fra rocce grandi come elefanti, comprò una casetta che sembrava una roccia fra le altre, a pochissima distanza dalla spiaggia.

Da lí sentiva il rumore delle onde, continuamente, ma come un silenzio.

Conobbe le persone del villaggio e si fece qualche amico, con il quale beveva il tè, cucinava e parlava quietamente delle cose presenti.

Visse a lungo in pace, facendo il pescatore.

Indice

Lo stralisco

p. 9 Capitolo primo
11 Capitolo secondo
18 Capitolo terzo
23 Capitolo quarto
31 Capitolo quinto
36 Capitolo sesto
45 Capitolo settimo
52 Capitolo ottavo
60 Capitolo nono
65 Capitolo decimo
72 Capitolo undicesimo
77 Capitolo dodicesimo
84 Capitolo tredicesimo
92 Capitolo quattordicesimo
101 Capitolo quindicesimo
107 Capitolo sedicesimo

Einaudi Ragazzi

Narrativa

1 Roberto Piumini, *Giulietta e Romeo*
2 Donatella Ziliotto, *Un chilo di piume, un chilo di piombo*
3 Conrad A. Böhm, *Storie del cielo vivente*
4 Beatrice Solinas Donghi, *Il fantasma del villino*
5 Sheila Gordon, *Aspettando la pioggia*
6 Mino Milani, *La storia di Tristano e Isotta*
7 Susie Morgenstern e Aliyah Morgenstern, *Ultima fermata, capolinea!*
8 Roberto Piumini, *Il segno di Lapo*
9 Claude Gutman, *La casa vuota*
10 Marcello Venturi, *L'ultimo veliero*
11 Michel Lucet, *Spaccato in due*
12 Gianni Rodari, *C'era due volte il barone Lamberto*
13 Roberto Piumini, *Lo stralisco*
14 Roberto Piumini, *Mattia e il nonno*
15 Roberto Piumini, *Motu-Iti - L'isola dei gabbiani*
16 Chris Donner, *Lettere dal mare*
17 J.R.R. Tolkien, *Il cacciatore di draghi*
18 Leo Meter, *Lettere a Barbara*
19 Paolo Collo, *La storia del Cid Campeador e del Re di Castiglia*
20 Guido Quarzo, *Cronache di Pontecambio*
21 Kyriakos Delòpulos, *Akis e gli altri*
22 Mino Milani, *La storia di Dedalo e Icaro*
23 Susie Morgenstern, *La ragazza numero 13*
24 Roberto Piumini, *Con Renzo e con Lucia*
25 Marco Di Tillo, *Il giovane cavaliere*

26 Mario Rigoni Stern, *Il sergente nella neve*
27 Donatella Bindi Mondaini, *L'Isola dei Mulini*
28 Ginevra Bompiani, *Via Terra*
29 Chris Donner, *Bel libro, papà!*
30 Christine Nöstlinger, *Come due gocce d'acqua*
31 G. Quarzo/A. Vivarelli, *Uomo Nero, Verde, Blu*
32 Mino Milani, *I quattro di Candia*
33 Carlo Brizzolara, *Il pennacchio*
34 Susie Morgenstern, *Prima media!*
35 Isaac Bashevis Singer, *Una notte di Hanukkah*
36 Mino Milani, *La storia di Orfeo ed Euridice*
37 Roberto Piumini, *Foreghet*
38 Angela Nanetti, *Rosaroserose*
39 Roberto Piumini, *Denis del pane*
40 Frank B. e Ernestine Gilbreth, *Sconto comitive*
41 Claude Gutman, *L'albergo del ritorno*
42 Brigitte Peskine, *Capofamiglia*
43 Christine Nöstlinger, *Mamma e papà, me ne vado*
44 Franco Signoracci, *L'incredibile storia del cavalier Ottone Ottonieri*
45 Giacoma Limentani, *...e rise Mosè*
46 Roberto Piumini, *L'oro del Canoteque*
47 Giuseppe Caliceti, *Rachid - Un bambino arabo in Italia*

Finito di stampare nel mese di maggio 1995
per conto delle Edizioni E. Elle S.r.l.
presso la Società Editoriale Libraria p.a., Trieste